Schattenparadies

Hansjörg Schertenleib

Schattenparadies

CARLSEN

Für Nina

DAS BLAUE ZIMMER

4. Januar 1999

Der Raum ist klein und quadratisch. Sein Fenster geht auf eine Wiese hinaus, das Winterlicht ist viel zu grell. Zum Glück bin ich der Einzige, der wartet. Ich würde jetzt niemanden in meiner Nähe ertragen. Die Wände haben die Farbe von Eierschalen, der Teppich ist braun. Ich hasse Braun. Die Aquarelle, die über dem Sofa, der Kommode und zwischen den drei Türen hängen, sollte man verbrennen. Landschaften in fröhlichen Farben. Sensibel, warm, einfühlsam. Die Aquarelle würden mir auch in einer anderen Situation nicht gefallen. Wenn es

mir besser ginge. Wenn ich nicht so schreckliche Angst hätte. Wenn ich wüsste, wie es Fiona geht.
Die Zeitschriften, die auf dem Tischchen ausgebreitet sind, habe ich schon alle durchgesehen. Aber ich kann mich nicht konzentrieren. Die Buchstaben verschwimmen vor meinen Augen, die Fotos gehen mir auf die Nerven. Sie lügen. Sie zeigen glückliche Menschen, die keine Probleme zu haben scheinen. Jeder Mensch hat Probleme. Wie lange warte ich schon? Die Gardine ist gelb verfärbt, wahrscheinlich darf man hier drin rauchen. Und wo ist der Aschenbecher? Es riecht nach Medikamenten. Die Topfpflanze in der Ecke sieht aus wie die Topfpflanze in der Ecke im Wohnzimmer meiner Eltern: kümmerlich. Im Nebenzimmer klappert eine Schreibmaschine. Bis auf einen ungespitzten Bleistift, eine weiße Kerze sowie ein altes Telefonbuch sind die zwei Schubladen der Kommode leer. Wer schreibt heute noch auf einer Schreibmaschine? Die Sekretärin des Arztes sieht aus wie meine Deutschlehrerin. Wenn sie den Kopf bewegt, blitzen ihre Brillengläser. Bevor sie etwas sagt, hüstelt sie. Ihr Blick ist vorwurfsvoll. Auf ihrem Schreibtisch liegt eine Banane. Sie trägt eine Bluse, die nicht einmal meine Mutter anziehen würde. Ich möchte sie gern beleidigen. Aber sie hilft mir. Hilft uns. Mit Fiona ist sie freundlich gewesen, mich hat sie kaum beachtet. Bestimmt denkt sie, dass ich an der ganzen Sache schuld bin.

Fiona ließ es sich gefallen, dass ihr die Sekretärin über die Haare strich.
Als Fiona und ich gestern Nacht in London in den Zug gestiegen sind, regnete es in Strömen. Um nicht aufzufallen, reisten wir getrennt über die französische Grenze. Danach suchten wir ein leeres Abteil. Die Stichwunde an meinem rechten Oberarm hatte wieder angefangen zu bluten. Der Arm war heiß, ich spürte den Herzschlag bis in die Fingerspitzen. Damit Fiona meinen Verband in Ruhe wechseln konnte, machten wir die Vorhänge zum Gang zu und löschten das Licht. Ich setzte mich unter eines der Leselämpchen. Später zogen wir die Sitze aus und legten uns hin. Ich hielt Fiona die ganze Nacht im Arm. Da wir nicht einschlafen konnten, starrten wir aus dem Fenster. Wir waren zu erschöpft, um zu reden. Außerdem hatten wir schon alles besprochen. Irgendwann begann es zu schneien. Im Schneegestöber sahen die vorbeifliegenden französischen Dörfer und Bahnhöfe aus wie in einem Fernsehprogramm mit schlechtem Empfang. Kurz vor der Schweizer Grenze setzte ich mich in einen anderen Wagen; vielleicht suchte man uns ja auch in der Schweiz.
Hier hat es die ganze Nacht geschneit. Die Wiese vor dem Fenster ist unberührt, nicht eine Fußspur stört die dicke weiße Decke. Der Schnee glitzert in der Sonne, die flach über die Landschaft fällt. Ich könnte den Blick aus dem Zimmer auswendig zeichnen, so lange habe

ich aus dem Fenster gestarrt. Im einzigen Baum, der auf der Wiese steht, hocken siebzehn Krähen. Es ist nicht einfach gewesen, sie zu zählen. Der Wald auf dem fernen Hügel ist ein schwarzer Fleck. Auf dem Parkplatz neben der Wiese stehen vier Autos. Nur das Dach von Kathleens rotem Toyota ist nicht mit Schnee bedeckt. Kathleen hat uns am Hauptbahnhof in Zürich abgeholt und gleich hierher gefahren. Fiona hat sich vom ersten Moment an mit ihr verstanden. Die beiden haben mich ausgeschlossen. Zuerst hat mich das beleidigt, aber dann habe ich begriffen, dass es mich entlastet.

Ich zähle bis hundert. Und beginne sofort wieder von vorn, weil es auch nichts hilft. Versuche mir vorzustellen, was Fiona durchmacht. Denke so intensiv an sie, dass mir fast der Schädel platzt. Sehe ihr blasses Gesicht vor mir, ihre lange Nase, die roten Haare. Sie ist zum ersten Mal in der Schweiz. Später werde ich ihr meine Lieblingsplätze zeigen und meinen besten Freund Jan vorstellen. Auch meine Eltern hat sie noch nicht kennen gelernt. Meine Eltern haben keine Ahnung, dass wir in der Schweiz sind. Sie gehen davon aus, dass ihr Sohn immer noch in Irland vermisst wird, weil er zusammen mit seiner Freundin abgehauen ist. Man sollte nur Dinge tun, die Eltern nicht verstehen.

Ich zähle wieder bis hundert. In meiner Vorstellung verwandeln sich die Zahlen in Monster, die brüllend an

mir vorbeiziehen. Ich bin todmüde. Wir haben seit zwei Tagen nichts Vernünftiges mehr gegessen. Trotzdem habe ich keinen Hunger. Im Gegenteil: Sobald ich an Essen denke, wird mir schlecht. Der Arzt weiß nichts von der Stichwunde an meinem Arm. Ich werde sie ihm später zeigen. Jetzt hat er Wichtigeres zu erledigen. Er hat winzige Hände, die aussehen, als würde er sie ununterbrochen waschen, so sauber sind sie. Er ist ein guter Freund von Kathleen. Ich vertraue ihm. Wenn er nachdenkt, zuckt sein linkes Augenlid.
Ich habe Fiona bis vor das Zimmer am Ende des Flurs begleitet. Damit wir uns in Ruhe verabschieden konnten, haben sie uns einen Moment allein gelassen. Fiona hat nicht geweint. Sie wollte nicht, dass ich sie auf den Mund küsse. Aber sie hat meine Hand erst losgelassen, als die Tür des Behandlungszimmers von innen geöffnet wurde. Die Wände des Zimmers sind blau. Kathleen hat Fiona in den Arm genommen und begleitet. Ich musste draußen bleiben. Fiona hat sich noch einmal umgedreht und mir zugelächelt. Dann ist die Tür ins Schloss gefallen und ich habe mich in den Warteraum gesetzt.
Die Zeit ist stehen geblieben, schon vor Stunden.
Ich sehe genau vor mir, wie das Behandlungszimmer ausgestattet ist: Jeden Gegenstand sehe ich vor mir, alle medizinischen Geräte, jede Maschine, jedes Möbel. Alles. Nein, ich hocke nicht allein im Warteraum. Ich knie

neben Fiona, halte ihre Hand und wische ihr den Schweiß von der Stirn. Auch wenn ich unsichtbar bin und mich niemand sehen kann, nur Fiona. Sie kann mich sehen.

Sie weiß, dass ich in Gedanken bei ihr bin, denn das ist meine einzige Chance, mich daran zu erinnern, wie es so weit gekommen ist, dass Fiona jetzt in diesem blauen Zimmer liegt …

DER ROTE BUS

29. Dezember 1998 bis 3. Januar 1999

EINS

Die Propellermaschine rollte direkt auf das Gebäude zu und drehte erst im letzten Augenblick ab. Der linke Flügel berührte beinahe die Scheibe der Flughafenbar. Es sah aus, als schramme er am Glas entlang und schneide das Gebäude auf wie eine Konservendose.

»Da staunen sie, die Hosenscheißer«, sagte der Pfarrer, der neben mir saß.

Er deutete grinsend aus dem Fensterchen: Die Leute, die in der Bar auf die Maschine aus Dublin gewartet hatten, wichen tatsächlich erschrocken zurück.

»Angsthasen«, knurrte er, »hattest du schöne Weihnachten?«
»Geht so«, sagte ich.
»Ja oder nein?«
»Ja«, log ich, »toll.«
Sollte ich ihm etwa erzählen, dass sich mein Vater und sein Schwiegervater schon während dem Weihnachtsessen in die Haare geraten waren? Dass mein Vater wutentbrannt die Balkontüre aufgerissen hatte, weil er den Weihnachtsbaum mit den brennenden Kerzen aus dem dritten Stock werfen wollte?
»Warum kannst du so gut Englisch?«, fragte der Pfarrer.
»Weil ich Tag und Nacht gebüffelt habe. Und weil ich die beste Englischlehrerin habe, die es gibt.«
»Und Neujahr feierst du in Irland«, wollte er wissen.
»Ja.«
»Wirst du abgeholt?«, fragte er.
Ich nickte. Ich war aufgeregt und hatte überhaupt keine Lust, mich mit ihm zu unterhalten. Immerhin hatte ich Fiona seit genau zwei Monaten nicht mehr gesehen. Ich fuhr mir durch die kurzen Haare, dann rieb ich mir die Hände an den Hosenbeinen trocken.
»Gut. Ich auch. Und wie heißt sie?«
»Woher wissen Sie, dass es ein Mädchen ist?«, fragte ich.
»Warum ist die Banane krumm? Warum schmeckt

Whiskey besser als Mineralwasser? Ich werde schließlich auch von einer Dame abgeholt«, sagte er und stieß mich mit dem Ellbogen.

»Aber Sie sind doch Pfarrer«, sagte ich vorsichtig.

»Allerdings bin ich Pfarrer. Und? Wie heißt sie, deine Freundin?«

»Fiona. Fiona McMullen.«

»Das ist gut«, sagte er zufrieden.

Ich fragte ihn nicht, was daran gut war. Ich verkniff mir auch die Frage, wie er als katholischer Priester dazu kam, eine Freundin zu haben. Aber jetzt wusste ich wenigstens, für wen all die Body-Lotions, Shampoos, Hautcremes und Lippenstifte in seiner Tasche bestimmt waren. Ich hatte ihm die Tasche, die so voll gestopft war, dass sich ihr Reißverschluss nicht mehr schließen ließ, in Dublin über das Rollfeld zu unserer Propellermaschine getragen und im Fach für das Handgepäck verstaut.

»Dann ist die Kosmetik also für Ihre Freundin?«, fragte ich und zeigte auf die Gepäckablage über unseren Köpfen.

»Freundin? Was für eine Freundin? Hab ich etwas von einer Freundin gesagt? Meine Schwester Marie holt mich ab.«

»Das ganze Zeugs ist für Ihre Schwester?«

»Allerdings. Ich brauch ja schließlich keinen Lippenstift. Und du? Was bringst du deiner Fiona mit?«

»Die neue MADONNA«, sagte ich.
»Eine Madonna? Junge, bist du verrückt?«
»Madonna ist eine Sängerin.«
»Eine Schallplatte? Das ist alles?«, fragte er.
»Nein, das ist nicht alles. Ich schenke Fiona die MADONNA-CD und ein Tank Top.«
Er nickte verschwörerisch und fuhr sich mit dem Handrücken über die Nase.
»Das ist etwas zum Anziehen«, erklärte ich.
»Ich weiß selber, was ein Tank Top ist«, sagte er.
Mein wichtigstes Weihnachtsgeschenk für Fiona erwähnte ich nicht: Sie rechnete ganz bestimmt nicht damit, dass ich ihr den »Gestreiften Gurbenwirbler« schenken würde. Immerhin war es mein Bruder Alex gewesen, der mir den Fantasiefisch zu meinem vierzehnten Geburtstag aus Holz, Karton und bemaltem Papier gebastelt hatte. Mein Bruder Alex ist tot. Er ist vor drei Jahren in Spanien ertrunken. Ich hatte Fiona so lange von dem Fisch vorgeschwärmt, bis sie sich in jedem Brief und bei jedem Telefongespräch nach ihm erkundigte.
»Gehen wir«, sagte ich.
»Allerdings«, erwiderte er und erhob sich ächzend.
Ich öffnete das Gepäckfach und nahm die Ledertasche des Pfarrers und die Plastiktüte mit Fionas Geschenken heraus. Den Seesack mit meinen Klamotten hatte ich in Zürich aufgegeben. Im Moment war es mir ziemlich

egal, dass sich der Pfarrer im Schneckentempo durch den Gang bewegte. Ich hatte es plötzlich überhaupt nicht mehr eilig. Bestimmt fand Fiona meine neue Frisur völlig daneben. Ich hatte ihr geschrieben, dass ich mir die Haare ganz kurz hatte schneiden lassen. »Hoffentlich siehst du jetzt nicht aus wie der Sänger von R.E.M.«, hatte sie zurückgeschrieben. Dass R.E.M. meine neue Lieblingsband und ihr Sänger Michael Stipe das Vorbild für meine Frisur gewesen war, hatte ich ihr daraufhin natürlich verschwiegen.

Am Ausgang des Flugzeuges blieb der Pfarrer stehen, um sich mit der Stewardess zu unterhalten. Worüber sie redeten, konnte ich nicht verstehen. Aber die junge Frau lachte, nahm den alten Mann in die Arme und drückte ihm einen Kuss auf die Wange.

Er war mir in der Abflughalle von Dublin sofort aufgefallen: Er ging am Stock, trug schwarze Nike-Sneakers, einen ziemlich schäbigen schwarzen Anzug und einen schwarzen Hut, der ungefähr so groß war wie das Rad eines Lastwagens. Er sah zum Brüllen aus. Außerdem hatte er sich so unfassbar langsam durch die Abflughalle bewegt, dass ich ihn einfach anstarren musste. Seine Ledertasche hatte er nicht getragen, sondern mit dem rechten Fuß vor sich hergeschoben. Er brauchte genau acht Minuten, bis er die Halle durchquert hatte und vor dem Abflugschalter nach Sligo stand. Ich habe die Zeit gestoppt. Dann ließ er sich seufzend in den

Sessel neben mir fallen, klaubte eine halb gerauchte Kippe aus der Tasche seines schwarzen Jacketts, zündete sie an und nahm einen tiefen Zug.
»Rauchen verboten«, hatte eine Frau mit Stützstrümpfen gezischt.
»Ich muss rauchen«, hatte er freundlich geantwortet, »die Lunge, wenn Sie verstehen, was ich meine.«
»Aber nicht hier. Hier ist Rauchverbot. Das gilt auch für Geistliche.«
Der Alte hatte die Frau angelächelt. Dann hatte er den brennenden Zigarettenstummel mit einer raschen Bewegung der Zunge in seinem Mund verschwinden lassen. Die Frau hatte ihn fassungslos angestarrt, war aufgestanden und hatte sich einen anderen Sessel gesucht. Und er hatte den Mund aufgemacht und die Zigarette, die an seiner Zunge klebte, zum Vorschein gebracht und in aller Ruhe fertig gepafft.
Die Stewardess nickte mir freundlich zu, dann stieg ich hinter dem Pfarrer aus dem Propellerflugzeug. Es war kalt. Die Wolken hingen so tief, dass nicht einmal die Berge hinter dem Flughafen zu erkennen waren. Auch das Meer war nicht zu sehen. Dafür konnte ich es riechen: Windböen trugen den Geruch nach Salz und Fisch über die Rollbahn. Wenn ich mich anstrengte, konnte ich die Brandung hören. Es war zwar erst 15 Uhr 30, aber es wurde bereits dunkel. Der Pfarrer erwartete mich am Ende der Gangway.

»Wie lange bleibst du in Irland?«, fragte er.
»Zwei Wochen.«
»Und danach geht's wieder in die Schule?«
»Leider«, log ich.
Es gab keinen Grund, ihm zu erzählen, dass ich vor den Weihnachtsferien endgültig aus dem Gymnasium geflogen war. Mitte Januar würde ich in dem Architekturbüro, in dem auch mein Vater arbeitete, ein Praktikum anfangen. Nach den drei Monaten würde ich weitersehen.
»Ich wünsche dir und deiner Freundin ein gutes neues Jahr«, sagte der alte Mann und legte mir die Hand auf die Schulter. »Lass es krachen, Junge!«
»Ebenfalls«, sagte ich.
»Unkraut vergeht nicht. Trägst du mir die Tasche mit dem Kram für meine Schwester noch bis rein?«
»Logisch«, sagte ich.
Wir waren als Letzte ausgestiegen. Hinter der Scheibe der Flughafenbar stand jetzt nur noch eine ältere Frau, die ihm begeistert zuwinkte. Von Fiona war nichts zu sehen. Ich stellte mich auf die Zehenspitzen; vielleicht saß sie ja an der Theke. Nein. Fiona war nicht in der Bar. Bestimmt erwartete sie mich in der Halle. Genauso aufgeregt wie ich. Trug sie den kleinen Silberring immer noch im rechten Nasenflügel? Ich versuchte mich an den Geruch ihrer Haare, den Klang ihrer Stimme zu erinnern. Versuchte mir ihr Gesicht vorzustellen. Ko-

misch. Zwei Monate lang hatte ich Fiona nicht gesehen, hatte nur ihre Handschrift gelesen und ihre Stimme am Telefon gehört, und trotzdem versuchte ich mich jetzt, da ich höchstens zehn Meter von ihr entfernt war, an ihre Stimme zu erinnern. Reichte sie mir wirklich nur bis zur Schulter? Das Wiedersehen machte mir Angst. Dabei hatte ich mich wie ein Schneekönig auf diesen Moment gefreut.

»Komm schon«, sagte der Pfarrer, »deine Freundin wartet.«

Er hielt mir lächelnd die Tür auf, und wir traten nebeneinander in das Gebäude. Bestimmt sahen wir aus wie zwei, die wie Pech und Schwefel zusammengehören.

ZWEI

Der Regen trieb in Schleiern über den Parkplatz und hüllte die aufgereihten Mietwagen in dichtes Grau. Wenn der Wind drehte, prasselten die Tropfen über die Fensterscheiben des Flughafengebäudes. Dann klang es, als werfe jemand eine Hand voll Kieselsteine nach der anderen auf das Flachdach, unter dem ich stand.

Es war dunkel. Ich wartete seit zweiundvierzig Minuten auf Fiona. Es war ganz eindeutig nicht mein Tag. Mein Seesack war nämlich als einziges Gepäckstück nicht in Sligo angekommen. Er lag entweder noch in

Dublin oder war in eine falsche Maschine verladen worden. Ein Angestellter des Flughafens Sligo hatte meinen Namen sowie Fionas Adresse aufgeschrieben. Er hatte mir versprochen, dass mein Seesack am nächsten Tag zu ihr geliefert werden würde.
Der Pfarrer und seine Schwester hatten mir angeboten, mich mit ihrem Auto zu Fiona zu fahren, obwohl sie genau in die entgegengesetzte Richtung mussten. Natürlich hatte ich abgelehnt. Fiona kam ganz bestimmt. Ich hatte sie seit acht Wochen nicht gesehen, da kam es auf ein paar Minuten auch nicht mehr an. Oder etwa doch? Bevor wir uns voneinander verabschiedeten, hatte mir der Pfarrer seine Visitenkarte in die Hand gedrückt: »Cormac Sweeney. Old Cartron Road. Collooney. 071 22 502«.
»Wenn du in Schwierigkeiten steckst, meldest du dich bei mir. Egal, wie spät es ist.«
Ich hatte es ihm versprochen und die beiden auf den Parkplatz begleitet. Natürlich trug ich ihm die Tasche. Hatte die Schwester des Pfarrers eigentlich schon bemerkt, was er für sie mitgebracht hatte? Bevor sie einstiegen, gab es einen kleinen Streit, weil beide fahren wollten. Schließlich hatte sich die Schwester ans Steuer gesetzt, und er hatte sich hinter ihrem Rücken grinsend an die Stirn getippt.
Ich wartete im Freien auf Fiona, damit sie mich schon von weitem im Regen und in der Kälte stehen sah. Ein-

sam und ohne Gepäck, abgesehen von der Plastiktüte mit ihren Geschenken. Ich war der Einzige, der wartete. Gibt es etwas Trostloseres als einen leeren Flughafen?

Wenn ich in der Schweiz allein sein will, gehe ich zu einem ganz bestimmten Haus am Stadtrand. Das Haus ist klein und schief, sein Garten zugewachsen und nicht mehr zu bändigen, seit sich mein Großvater nicht mehr um ihn kümmern kann. Der Vater meines Vaters ist vor ein paar Monaten an Krebs gestorben. Seither steht das Haus leer. Ich weiß, wo der Schlüssel liegt. Wenn ich alleine sein will, setze ich mich in Großvaters Wohnzimmer, in dem immer noch sein Radio und seine vielen Bücher stehen, auf den Boden. Anfangs hat mich das traurig gemacht. Heute beruhigt es mich. Manchmal mache ich sogar das Radio an, einen alten Röhrenempfänger, der unglaublich lange braucht, bis er warm wird. Wenn der Lautsprecher hinter der Stoffabdeckung endlich zu knistern beginnt, suche ich einen Sender, der Musik spielt, die auch meinem Großvater gefallen hätte. Jazz. Alten Jazz. Count Basie. Louis Armstrong. Josephine Baker. Fats Waller. Billie Holiday. Duke Ellington. »Das Herz einer Frau eroberst du am leichtesten mit Jazz«, hat mein Großvater mir beigebracht. »Jazz bringt die Frauen zum Schmelzen, macht sie flüssig wie Wachs, haucht ihnen das Feuer der Leidenschaft ein.« Ganze Nachmittage lang hat er mir seine Lieblingsplatten vorgespielt und die Stücke und Instrumente erklärt oder Geschichten aus dem Leben der Musiker erzählt. Bis heute bringe ich es nicht fertig, seine Schallplatten aus ihren Hüllen zu nehmen und abzuspielen. Jazz aus dem Radio ist in Ordnung, aber Großvaters alte Platten sind tabu. Ich kann sie einfach nicht anfassen.

Die Regenschleier tanzten im Wind. Ich fror an den Füßen. Dann gingen auch in der Flughafenbar die Lichter aus. Ich konnte erkennen, dass die Stühle und Hocker auf den Tischen standen. Die Halle war schon seit einer ganzen Weile dunkel. Gleich darauf verließen die drei Angestellten den Flughafen durch eine Nebentür. Die beiden Männer und die Frau gingen zielstrebig auf das letzte Auto zu, das neben den Mietwagen noch auf dem Parkplatz stand. Dann bemerkten sie mich unter dem Vordach des Eingangs.

»Willst du mitfahren?«, rief mir die Frau zu.

»Nein danke. Ich werde abgeholt.«

»Bestimmt?«, rief der Mann, der meinen Namen und Fionas Adresse aufgeschrieben hatte.

»Bestimmt.«

»Bis nach Strandhill ist es höchstens eine Meile«, schrie er.

»Was?«, brüllte ich, dabei hatte ich ihn ganz genau verstanden.

»Falls du doch nicht abgeholt wirst«, rief er.

»Willst du nicht anrufen?«, schrie die Frau.
Die zwei Männer saßen mittlerweile auf dem Rücksitz des Autos. Sie hatten das Radio angemacht und hörten leise Nachrichten.
»Hab ich schon«, behauptete ich.

Natürlich hatte ich auch schon daran gedacht, Fiona aus der Telefonzelle im Flughafen anzurufen, mich dann aber entschieden, es nicht zu tun. Sie sollte den Eindruck bekommen, dass ich völlig gelassen mit jeder Situation umgehen konnte. Ich hatte auch nicht vor, ihr Vorwürfe zu machen, weil sie mich hatte warten lassen. Wir hatten uns Polaroidfotos von den Ecken geschickt, in denen zu Hause unsere Telefone standen. Das war Fionas Idee gewesen: »Ich will wissen, wie der Ort aussieht, an dem du bist, wenn du mit mir redest.« Ihr Telefon steht auf einer grässlichen Kommode in einem schmalen Flur. Die Tapete ist gelb und grün gestreift und erinnert mich an eine Torte, die so süß ist, dass einem schon schlecht wird, wenn man sie bloß ansieht. Über dem Telefon hängt eine gerahmte Farbfotografie an der Wand: Fiona, ihre jüngeren Zwillingsschwestern Dara und Dana und ihr älterer Bruder Conor sitzen nebeneinander auf einer Steinmauer. Fiona ist die Einzige, die nicht lächelt. Außerdem sitzt sie ein Stück von den anderen entfernt, als gehöre sie gar nicht wirklich zu ihnen. Ihre rechte Hand steckt in einem Gips, der über

und über mit Namen und Zeichnungen bedeckt ist. Sie sieht großartig aus. Selbstbewusst und voller Trotz. Die Tür der Kommode steht offen und man kann erkennen, dass das Möbel mit Gerümpel voll gestopft ist.
Die Frau setzte sich ans Steuer. Bevor sie die Tür zuzog, winkte sie mir zu. Als sie an mir vorbeifuhren, hupte sie einmal. Die roten Rücklichter des Autos schwebten zitternd durch den Nieselregen, dann waren auch sie verschwunden.
Wenn es mir besonders beschissen geht, denke ich an meinen Bruder Alex. Dann geht es mir zwar nicht unbedingt besser, aber mir wird bewusst, dass ich immerhin noch lebe. Und dass es an mir liegt, etwas aus diesem Leben zu machen. Sollte ich vielleicht doch nach Strandhill laufen? Blödsinn. Fiona kam todsicher. Machte ich mir Sorgen? Ja. Vielleicht hatten sie eine Panne gehabt, vielleicht einen Unfall. War ich ungeduldig? Ja, ich war ungeduldig. Ich hatte es satt, mir hier in der Kälte die Beine in den Bauch zu stehen. Und meine Fingernägel waren bereits viel zu kurz, um noch weiter daran herumzukauen. Also ging ich auf und ab. Elf Schritt hin, acht Schritt zurück, bis ich am anderen Ende des Parkfeldes stand und die Plastiktüte mit Fionas Geschenken betrachtete, die einsam unter dem Vordach lag. Außerdem fiel mir ein, dass ich mich benahm wie ein Schimpanse im Zoo. Also stellte ich mich wieder unter das Vordach und wartete.

Nach sechsundfünfzig Minuten tauchten auf der Straße nach Strandhill endlich Scheinwerfer auf. Das Auto fuhr schnell. Der Motor röhrte, wahrscheinlich hatte der Auspuff ein Loch. Der weiße Ford hielt etwa zehn Meter von mir entfernt an. Kaum stand er still, schwang die Beifahrertür auf, und die Scheinwerfer gingen aus. Fiona sprang auf die Straße und kam ein Stück auf mich zugelaufen, blieb dann aber plötzlich stehen und sah mich an.

Sie war wunderschön.

»Hi«, sagte sie und streifte sich die Kapuze ihres Sweatshirts aus dem Gesicht.

»Hi«, sagte ich.

Wir blieben beide reglos stehen.

»Es tut mir Leid«, sagte sie.

Sie trug schwarze Combathosen, rote Puma-Turnschuhe mit weißen Schnürsenkeln und einen grauen Sweater mit Kapuze.

»Was tut dir Leid?«

»Dass ich zu spät bin.«

»Bist du zu spät? Ist mir gar nicht aufgefallen.«

»Bist du mir böse?«, fragte sie.

»Sehe ich so aus?«

»Weiß ich nicht«, sagte sie leise.

Wir rührten uns ziemlich lange nicht von der Stelle und sahen uns einfach nur an. Sie hatte sich die Augen geschminkt. Der Silberring steckte in ihrem rechten Na-

senflügel. Er funkelte im Licht der Straßenlampe, die ein paar Meter neben mir stand.
»Ist das dein ganzes Gepäck?«
»Mein Gepäck ist gar nicht angekommen«, sagte ich gelassen.
»Und was ist das?«, fragte sie und deutete mit dem Kinn auf die Plastiktüte.
»Wie findest du meine Haare?«, wich ich aus.
»Hab's mir schlimmer vorgestellt.«
»Sie gefallen dir nicht.«
»Doch«, lachte sie, »du siehst aus wie Brad Pitt in seinem letzten Film.«
»Ist das gut oder schlecht?«
»Das ist ziemlich gut«, sagte sie. »Was ist in der Tüte?«
»Geschenke«, sagte ich.
»Für mich?«
»Nein. Für den Weihnachtsmann.«
Wir hatten uns noch immer nicht von der Stelle gerührt. Ich sah, dass eine Frau am Steuer saß. Es musste Fionas Mutter sein. Sie hob die Hand und winkte mir zu. Sie hatte eine Zigarette im Mund und blies den Rauch aus dem offenen Fenster.
Der Wind wehte Fiona die Haare ins Gesicht und in den Mund. Sie nestelte mit der einen Hand am Saum ihres Sweaters herum, mit der anderen zerrte sie den Kragen nach unten. Sie hatte rote Flecken am Hals und schlug die Augen nieder. Allerdings bloß für den

Bruchteil einer Sekunde. Dann sah sie mich an und kam schnell auf mich zu. Sie legte mir die Hand in den Nacken, zog mich an sich und küsste mich. Sie riecht noch immer nach Zimt, stellte ich erstaunt fest. Gott sei Dank. Ich nahm ihr Gesicht in beide Hände und küsste sie zuerst auf die Augenbrauen, dann auf die Stirn und auf ihre lange Nase und schließlich aufs Kinn. Sie hatte einen kleinen Schnitt auf der Wange, den sie mit Make-up überpudert hatte.

»Das kitzelt«, flüsterte sie, hob die Hände und ließ ihre geballten Fäuste in der Luft stehen.

»Versprich mir, dass wir zusammenbleiben«, sagte ich leise.

»Versprich mir, dass du nicht gleich abhaust, wenn irgendetwas schief geht«, entgegnete sie mit geschlossenen Augen.

»Es wird nichts schief gehen.«

»Versprich es«, sagte sie.

»Versprochen«, sagte ich.

DREI

Unser Tisch stand in einer Fensternische im oberen Stock der »Old Bridge Bar«. Das Meer lag zwar gleich hinter der Straße, aber da es stockdunkel war, sah ich die Wellen erst, wenn sie in der Bucht auftauchten. Die Straßenlampen am Pier schwankten im Wind und warfen gelbe Flecken auf den Asphalt und das Wasser.

Ich saß neben Fiona. Wir hielten uns unter dem Tisch an der Hand, ihre Finger waren genauso feucht wie meine. Ihre Mutter Moira war noch sehr jung, sah aber trotzdem ziemlich erledigt aus. Ihre Haut war grau, sie hatte dunkle Ringe unter den Augen und strich sich immer wieder die strähnigen Haare aus dem Gesicht. Dabei machte sie kurz die Augen zu, als kämpfte sie gegen den Schlaf. Zuerst saß sie Fiona gegenüber, als wollte sie nicht in meiner Nähe sein. Aber sie rutschte bald in die Mitte des Tisches und sah mich immer wieder verstohlen an. Fiona und ich bestellten Burger, Fritten und Cola, ihre Mutter nur ein großes Glas Bier.

»Du musst etwas essen, Mom«, sagte Fiona.

»Ich hab aber keinen Hunger.« Sie zündete sich eine Zigarette an und blies den Rauch gegen die Decke. Dann trank sie einen Schluck Bier und hatte einen Schnurrbart aus Schaum, den sie sich müde lächelnd von der Oberlippe leckte. Die Wellen vor dem Fenster sahen aus wie Mauern, die plötzlich umfielen.

»Fiona kann nichts dafür«, sagte Fionas Mutter, »mein Bruder hat versprochen, sie nach Sligo zu fahren.«

»Mom«, sagte Fiona.

Sie ließ meine Hand los und drehte den Kopf zur Seite. Ihre Mutter schnaubte leise und drückte ihre Zigarette aus, obwohl sie kaum zur Hälfte geraucht war.

»Aber die beiden konnten es ja nicht lassen, sich wieder einmal zu streiten. Nicht, Fiona?«

»Mom, bitte!«

Fiona legte beide Hände auf den Tisch. Ich spürte, wie sie ihre Beinmuskeln anspannte. Sie wäre am liebsten aufgestanden und abgehauen. Ihre Mutter schüttelte den Kopf. Sie wirkte nicht wütend, sondern nur erschöpft. Ich kann Streitereien nicht ausstehen. Wenn sich meine Eltern in die Haare geraten, mache ich, dass ich wegkomme. Alex und ich hatten uns beim ersten lauten Wort der Eltern jeweils sofort in unserem Zimmer verbarrikadiert. Hatten die Tür abgeschlossen, die Musik aufgedreht und so getan, als seien unsere Eltern gar nicht da. Als seien wir Waisen.

»Die beiden streiten nämlich immer«, sagte Fionas Mutter.

»Und du streitest dich nie mit ihm oder was?«

»Das ist etwas anderes.«

Brauchen eigentlich alle Eltern überall auf der Welt dieselben verlogenen Ausreden? Erwartete Fiona, dass ich mich einmischte und für sie Partei ergriff? Nein. Bestimmt war es besser, wenn ich den Mund hielt. Inzwischen umklammerte Fiona mit der rechten Hand ihren linken Arm. Sie starrte ihre Mutter zornig an und stand auf. Ich habe keine Ahnung, was sie getan hätte, wenn nicht genau in diesem Augenblick unser Essen gekommen wäre. Fiona entspannte sich und ließ sich auf die Bank fallen.

»Lasst es euch schmecken«, sagte ihre Mutter.

»Danke«, sagte ich.

Fiona schwieg, drückte aber unter dem Tisch meine Hand. Die Burger waren riesengroß, die Fritten dick

und klebrig. Fionas Mutter sah uns beim Essen zu, ohne eine Miene zu verziehen. Sie hatte sich wieder eine Zigarette angesteckt. Wenn sie den Rauch ausstieß, zog sie die Augenbrauen in die Höhe.
»Und?«, sagte sie und sah mich erwartungsvoll an.
»Was und?«, fragte ich.
»Sie will wissen, ob es dir schmeckt«, erklärte Fiona.
»Wunderbar«, sagte ich, »vielen Dank.«
»Das freut mich«, sagte Fionas Mutter.
»Mutter ernährt sich von Zigaretten«, sagte Fiona. »Und von Tee.«
»Vergiss das Bier nicht, mein Schatz«, gab ihre Mutter wie aus der Pistole geschossen zurück.
Sie griff über den Tisch, um die Hand ihrer Tochter zu packen, aber Fiona zog sie zurück.
»Redest du auch so mit deinen Eltern?«, fragte mich Fionas Mutter.
»Manchmal schon«, antwortete ich und aß weiter.
»Fiona hat große Träume«, sagte sie. »Und du? Hast du auch große Träume?«
»Kommt darauf an, was Sie unter großen Träumen verstehen«, sagte ich.
»Mom, bitte. Hör auf«, sagte Fiona und legte ihr Besteck weg.
»Gehst du aufs College?«, fragte mich ihre Mutter.
»In der Schweiz gibt es keine Colleges«, sagte Fiona.
»Er weiß schon, was ich meine. Nicht, Patrick?«

»Ja«, sagte ich und schob mir ein Stück Burger in den Mund.
»Du gehst also auf eine gute Schule«, stellte Fionas Mutter fest.
»Aufs Gymnasium, ja«, log ich mit vollem Mund.
»Das ist vernünftig. Dein Englisch ist übrigens ausgezeichnet.«
»Danke«, murmelte ich.
»Deine Zigarette, Mom«, sagte Fiona.
Sie deutete mit der Gabel auf die Zigarette ihrer Mutter, die aus dem Aschenbecher gefallen war und nun langsam über den Tisch rollte. Fiona warf mir eine verstohlene Grimasse zu.
»Hoppla«, sagte ihre Mutter und drückte die Zigarette aus.
Fiona fing an, mir mit der Hand über den rechten Oberschenkel zu streichen. Ich spürte die Kante des Ringes, den ich ihr letzte Woche geschickt hatte.
»Sie möchte etwas Besonderes sein«, sagte Fionas Mutter.
»Hör jetzt auf, Mutter.«
»Hat sie dir erzählt, dass ich in einer Fabrik arbeite, die Mullbinden und andere medizinische Artikel herstellt?«
»Nein«, sagte ich und legte mein Besteck beiseite.
»Möchtest du auch etwas Besonderes sein?«, fragte Fionas Mutter.

Sie sah mich prüfend an. Sie tat mir Leid. Fiona hatte mir erzählt, dass ihr Mann eines Tages einfach nicht mehr von der Arbeit nach Hause gekommen war. Kurz darauf hatte er sie aus England angerufen, um ihr mitzuteilen, dass er nie mehr zu ihr und den Kindern zurückkommen werde.

»Ja, ich möchte etwas Besonderes sein«, sagte ich und drückte Fionas Hand. »Sie doch bestimmt auch«, fügte ich hinzu.

Fionas Mutter sah mich einen Moment erstaunt an, dann lächelte sie und hob das Glas. Sie hatte unglaublich traurige Augen. Plötzlich fiel mir der Vertrag ein, den ich mit meinem Bruder Alex geschlossen hatte: Alex hat ihn mit Vaters Schreibmaschine getippt, danach haben wir ihn beide unterschrieben. In diesem Vertrag versprachen wir uns, niemals erwachsen zu werden.

»Das wollte ich mal, da hast du Recht, Patrick. Und eigentlich will ich es immer noch. Etwas Besonderes sein.«

»Das sind Sie ganz bestimmt«, sagte ich tapfer.

»Tut mir Leid, Kinder. Ich bin nicht immer so.«

»Stimmt«, sagte Fiona.

Wieder streckte ihre Mutter die Hand aus, und diesmal lehnte sich Fiona nach vorne und ließ sich über die Wange streichen.

»Tut mir Leid«, wiederholte ihre Mutter.

»Mir auch, Mom«, sagte Fiona, »trinkst du noch ein Bier?«
»Lasst uns lieber gehen, ja?«

Nach etwa drei Kilometern bogen wir von der Hauptstraße in einen Feldweg ein. Es hatte aufgehört zu regnen und am Himmel erschienen vereinzelte Sterne.
Fiona und ich saßen auf dem Hintersitz und konnten die Finger nicht voneinander lassen. Ich wusste genau, dass uns ihre Mutter im Rückspiegel beobachtete, aber es war mir egal. Wenn Fiona mit einem Kuss aufhören wollte, kniff sie mich in die Seite. Ging ich nicht darauf ein, biss sie mich in die Lippen. Fionas Mutter hatte das Radio so leise gestellt, dass wir die Musik kaum hören konnten. Aber plötzlich drehte sie die Lautstärke so laut, dass wir erschrocken auseinander fuhren.
»Elvis Presley«, sagte Fionas Mutter begeistert.
»Das wissen wir auch, Mom.«
»Das will ich gehofft haben«, sagte ihre Mutter lachend, »ist er nicht der Allergrößte?«
»Nein, der Zweitgrößte«, erwiderte Fiona und steckte mir die Zunge ins Ohr.
Kurz darauf fuhren wir über eine Brücke. Es war so dunkel, dass ich die Straße nur mit Mühe erkennen konnte. Auf der rechten Seite wuchs der Schatten eines Berges in die Höhe. Unten in der Ebene waren Autos unterwegs. Ihre Scheinwerfer glitten wie auf-

gereihte Perlen durch die Nacht. Als der Song von Elvis Presley zu Ende war, schaltete Fionas Mutter das Radio aus.
»Sind eh gleich da«, sagte sie.
Sie fuhr jetzt so dicht am linken Straßenrand, dass Äste über die Karosserie kratzten. Dann bog sie plötzlich scharf nach links in eine Schotterstraße ab, die mitten über einen Schrottplatz führte. Ich kam mir vor wie in einem Sciencefictionfilm: Der Schrott war nämlich auf beiden Seiten meterhoch aufgetürmt. Manchmal schienen sich diese Türme bedrohlich gegen die Straße zu neigen. Es sah aus, als schwankten sie im Wind hin und her.
»Was ist das denn?«, fragte ich.
»Damit verdient mein Bruder sein Geld«, sagte Fionas Mutter.
»Mit Schrott?«, staunte ich.
»Mit alten Autos.«
»Das sind alles Autos?«
»Das *waren* alles Autos.« Fionas Mutter lachte.
Fiona schwieg. War sie tatsächlich erstarrt, seit wir über den Autofriedhof fuhren, oder bildete ich mir das nur ein? Als ich sie küssen wollte, wehrte sie mich ab, und ich ließ sie in Ruhe. Nach etwa vierhundert Metern erreichten wir einen Platz. Auf der einen Seite standen ein zweistöckiges Cottage und eine große Garage. Auf der anderen Seite des Platzes sah ich ein lang gestreck-

tes Treibhaus, an dem mehrere Scheiben zerbrochen waren. Das Tor der Garage war geschlossen, aber hinter ihren Fenstern blitzte blaues Licht.
»So, hier wären wir«, sagte Fionas Mutter.
Sie bremste vor dem Cottage und stieg sofort aus. Fiona hielt meine Hand fest. Mir war klar, dass sie noch einen Moment sitzen bleiben wollte. Im Erdgeschoss des Cottage standen zwei schwarzhaarige Mädchen dicht nebeneinander am erleuchteten Fenster und sahen zu uns heraus.
»Sie ist nicht immer so«, sagte Fiona.
»Kann ich mir vorstellen.«
»Ich will nicht da rein«, sagte sie.
»Müssen wir aber.«
Ich wollte aussteigen, aber sie hielt mich zurück. Ihre Mutter stand mittlerweile vor der Haustür, aber sie drängte uns nicht. Sie sah sich nach uns um, lächelte und verschwand im Cottage. Es war kalt in dem Auto. Außerdem roch es nach nassem Hund.
»Habt ihr einen Hund?«, fragte ich.
»Conor hat einen Hund. Wir nicht.«
»Und wie heißt er?«
»Keane.«
»Blöder Name für einen Hund.«
»Kannst du laut sagen.«
»Wie ist das passiert?«, fragte ich und strich vorsichtig über den Schnitt auf ihrer Wange.

»Komm, wir gehen rein. Mutter wartet bestimmt.«
»Hast du dich geschnitten?«
Sie nickte. Die beiden Mädchen standen immer noch am Fenster. Sie sahen aus wie Puppen. Jetzt brannte auch in einem der drei Dachfenster im oberen Stock Licht.
»Womit?«, fragte ich.
»Ist doch egal. Komm jetzt. Ich will endlich die Geschenke sehen.«
Sie küsste mich auf den Mund und stieg aus.

Sie hatten mir in einem verwinkelten Zimmer hinter der Küche ein Bett zurechtgemacht. Der Bruder von Fionas Mutter, dem das Haus gehörte, benutzte das Zimmer sonst als Büro seines Autofriedhofes. Unter dem einzigen Fenster stand ein Schreibtisch, der unter hohen Papierstapeln fast zusammenbrach.
»Drecksau«, sagte Fiona leise und ging aus dem Zimmer.
Auf dem Stuhl lagen ein aufgeschraubter Rechner, aus dem farbige Drähte quollen, und ein Steuerrad, das so klein war, dass es wohl zu einer Art Rennwagen gehörte. Ich stellte die Plastiktüte mit Fionas Geschenken auf das schmale Bett, das in der Ecke stand. In dem Zimmer roch es nach Maschinenöl und billigem Aftershave. Fionas Mutter öffnete das Fenster und hob seufzend ein Hemd vom Boden auf. Dann machte sie das

Licht aus und schob mich auf den Flur. Dort stand die Kommode mit dem Telefon.
Fiona rief mich ins Wohnzimmer und stellte mir ihre Zwillingsschwestern vor. Die beiden Mädchen standen jetzt mit dem Rücken zum Fenster und starrten mich an, als käme ich vom Mars. Sie hatten beide dieselben grässlichen Trainingsanzüge an. Die eine war barfuß, die andere trug Turnschuhe. In der Ecke lief der Fernseher, auf dem Sofa lagen Kissen und eine Decke, die voller Hundehaare war. Fionas Mutter klapperte in der Küche mit Töpfen.
»Wollt ihr Tee?«, rief sie.
Fiona sah mich an und ich schüttelte den Kopf. Das Mädchen, das barfuß war, hatte sich die beiden großen Zehen schwarz lackiert.
»Nein danke, Mom«, rief Fiona in die Küche.
»Hast du auch schon andere Mädchen geküsst?«, fragte mich die mit den Turnschuhen, wobei sie mich mit ernster Miene musterte.
»Halt den Mund, Dara!«
»Lass doch«, sagte ich. »Ja, ich hab auch schon andere Mädchen geküsst.«
»Das hab ich mir gedacht«, erwiderte Dara.
»Warum?«, fragte ich sie.
»Weil Fiona auch schon andere Jungs geküsst hat. Darum«, sagte sie.
»Es reicht«, lachte Fiona.

Das andere Mädchen stand neben ihrer Zwillingsschwester und sah mich reglos an. Dann trat sie einen Schritt nach vorn und bellte laut.

»Dana weigert sich zu sprechen«, erklärte Dara.

»Das kann ich gut verstehen«, sagte ich.

»Seit drei Wochen«, sagte Dara streng.

Danas Blick ging zwischen ihrer Zwillingsschwester und mir hin und her. Sie beachtete Fiona nicht. Dann bellte sie noch einmal.

»Und was soll das heißen?«

»Wahrscheinlich, dass ich dir meinen Bruder vorstellen soll«, sagte Fiona grinsend.

Dana nickte. Die Fensterscheibe war beschlagen. Kondenswasser lief über das Glas, und auf dem Fenstersims lagen zusammengerollte Handtücher. Es war unglaublich heiß in dem Zimmer.

»Weißt du, wer die Blindenschrift erfunden hat?«, fragte mich Dara.

»Nein«, antwortete ich, obwohl ich es wusste.

»Louis Braille. Weißt du, wann?«

»Louis Braille. Klingt französisch«, wich ich aus.

»Er wurde in Coupvray geboren.«

Nahm sie mich auf den Arm? Ihre Zwillingsschwester, die sich entschlossen hatte, nicht mehr zu reden, sah mich neugierig an.

»Das ist in Frankreich«, erklärte Dara.

»Das hab ich mir gedacht«, sagte ich.

»Es reicht, Dara«, befahl Fiona.
»Weißt du, wann?«, fragte Dara.
»Wann er geboren wurde?«
»Wann er die Blindenschrift erfunden hat«, sagte Dara ungeduldig.
»Keine Ahnung.«
Hatte ich tatsächlich nicht. Auch mein Bruder Alex ist ein richtiger kleiner Klugscheißer gewesen. Komischerweise hat mich das bei ihm nicht gestört. Im Gegenteil. Ich bin sogar stolz darauf gewesen, dass er so viel wusste. Er hat mir andauernd irgendwelche Fragen gestellt: »Weißt du, wer den Strom erfunden hat?« – »Wie hoch ist die Lebenserwartung eines Elefanten?« – »Wie heißt die Hauptstadt von Südkorea?« – »Wie schnell kann ein Leopard laufen?« – »Wie heißt der höchste Berg der Schweiz? Und wie hoch ist er?« Natürlich weiß ich, warum er diese Dinge gefragt hat. Weil er die Antworten kannte. Das habe ich seiner Stimme angehört. Ich habe nie eine richtige Antwort gegeben, auch wenn ich sie wusste. Ich ließ ihm die Freude, dass er gescheiter war als sein älterer Bruder. Ja: Alex war verdammt klug. Was wohl aus ihm geworden wäre?
»Kannst du die Blindenschrift?«, wollte Dara wissen.
»Nein.«
»Dana schon«, sagte Dara.
»Komm, ich stell dir meinen Bruder vor«, sagte Fiona,

nahm mich bei der Hand und zog mich aus dem Wohnzimmer.
Auf der steilen Treppe drehte ich mich um: Die Zwillingsschwestern standen nebeneinander in der Wohnzimmertür und sahen uns nach. Dana pfiff leise eine Melodie, die ich nicht gleich erkannte. Dann wusste ich, was es war: »Stille Nacht, heilige Nacht«.
Im oberen Stock des Hauses war es noch heißer. Ich wusste sofort, welche der drei Türen zu Fionas Zimmer gehörte. Sie war dunkelrot gestrichen. In der Mitte stand in schwarzen Buchstaben: »Girlzone«. Fiona hatte sie mir in einem ihrer Briefe beschrieben. Wie ihr Zimmer von innen aussah, wusste ich allerdings nicht. »Das musst du schon selbst herausfinden, Pat«, hatte sie geschrieben.
»Hier schläft Mom«, sagte sie und zeigte auf die Tür neben ihrer eigenen.
Vor der letzten Tür stand ein Hundekorb, in dem ein Fußball lag. In Conors Zimmer lief PEARL JAM, er sang laut und ziemlich falsch mit. Fiona drängte mich an die Wand und gab mir einen Kuss.
»Aber nachher will ich meine Geschenke«, sagte sie und klopfte an Conors Tür.
»Ja-ha«, rief eine ärgerliche Stimme.
Fiona stieß die Tür auf, und vor mir stand ein Hund, der mich mit schräg gelegtem Kopf ansah. Er hechelte, aus seinen Lefzen hing ein Speichelfaden. Der Hund

reichte mir höchstens bis zu den Kniekehlen. Er war schwarz und weiß gefleckt, und es sah aus, als trage er eine Piratenbinde über dem rechten Auge. Es war auf den ersten Blick klar, dass er harmlos war. Andererseits bin ich nicht gerade ein Hundenarr.

»Keane beißt nicht, komm rein«, sagte Conor.

Er drehte den Bildschirm seines Computers von uns weg und stand auf. Conor war mindestens einen Kopf größer als ich und unglaublich dünn. Seine Haare waren so rot wie die von Fiona und genauso dicht. Es sah aus, als habe er einen roten Busch auf dem Kopf, der schon sehr, sehr lange nicht mehr zurechtgestutzt worden war. Conor schien irgendwie neben sich zu stehen. Wie ein Schlafwandler oder Tagträumer.

»Platz, Keane!«, befahl Conor und drehte die Musik leiser.

»Komischer Name für einen Hund«, sagte ich.

»Hast du Ahnung von Fußball?«, fragte er.

»Geht so.«

»Na ja, als Schweizer bist du natürlich entschuldigt. Keane heißt so wie der beste irische Fußballer aller Zeiten. Roy Keane. Abgesehen natürlich von George Best.«

»Kenn ich«, behauptete ich.

»Best oder Keane?«, fragte er.

»Beide.«

»Man United. Beide«, sagte er.

»Weiß ich«, log ich.

Fiona hatte sich aufs Bett gesetzt. Sie hörte uns wortlos zu und streichelte gedankenverloren Keane, der sich vor ihr hingelegt hatte und behaglich jaulte.
»Bist du in Ordnung?«, fragte Conor seine Schwester.
»Ja«, antwortete sie leise, »und du?«
»Klar. Hat er sich beruhigt?«
»Weiß nicht«, sagte Fiona und sah zu Boden.
»Ist ja auch egal. – Durst, Patrick?«
Er öffnete einen Schrank, schaufelte Hemden und T-Shirts auf den Boden und nahm eine fast leere Flasche Whiskey heraus. POWERS. Während er trank, sah ich mich um. Die Wände seines Zimmers waren mit Postern und Fotos der verschiedenen Spieler von Manchester United zugepflastert. Ich entdeckte tatsächlich keinen freien Fleck. Neben dem Schreibtisch stapelten sich Manchester-United-Magazine, die Vorhänge waren rot-weiß, über dem Bett hing ein Fan-Schal an der Wand.
»Auf Man United«, sagte er und drückte mir die Flasche in die Hand.
»Auf Man United«, wiederholte ich und trank.
Ich gab die Flasche an Fiona weiter, aber sie winkte ab. Conor nahm den Whiskey und verstaute ihn wieder im Schrank. Dann bedeckte er ihn mit Kleidern. Ich sah erst jetzt, dass ihm der Ringfinger der linken Hand fehlte. Conor bemerkte meinen erschrockenen Blick, ging aber nicht darauf ein.

»Wie lange bleibst du?«, fragte er und setzte sich wieder hin.
»Zwei Wochen.«
»Ist die Schule in der Schweiz auch Scheiße?«, fragte er.
»Jap. Sie haben mich geschmissen«, sagte ich.
»Auch nicht schlecht. Und jetzt?«
»Weiß nicht«, sagte ich.
Dann ging uns der Gesprächsstoff aus. Conor wühlte in den Sachen herum, die neben der Tastatur seines Computers lagen. Fiona stand auf, bevor ich mich neben sie setzen konnte. Der Hund sprang auf die Beine und rieb seufzend seine Schnauze an mir.
»Bis später, Bruderherz«, sagte Fiona.
»Worauf du einen lassen kannst«, sagte Conor und zwinkerte mir verschwörerisch zu.

VIER

Wir hängten den »Gestreiften Gurbenwirbler« so tief über ihr Bett, dass unsere Köpfe ihn beinahe berührten, wenn wir uns aufsetzten. Fiona fand den Fisch toll. Sie konnte sich kaum beruhigen, so gut gefiel er ihr.

Ihr Zimmer war klein und fast leer. Es war ungemütlich. Trotz des warmen Rotes, mit dem die Wände gestrichen waren, trotz des Lichtes der Stehlampe in der Ecke. Ihr Schirm war aus Blech, in das dutzende von Sternen in verschiedenen Größen geschnitten waren. Da sich der Schirm drehte, wanderten diese Sterne über die Wände. Außer dem Bett gab es nur einen Tisch mit Stuhl, einen Schrank und einen zerschlissenen Autosessel. Die Wände waren leer, abgesehen von einer Fotografie von mir. Mein bester Kumpel Jan »Doghead« hat die Aufnahme gemacht: Ich stehe bis zu den Achseln im kalten Wasser des Zürcher Hallenbades. Hinter mir türmt sich eine Welle auf, die sich im nächsten Augenblick überschlagen wird. Wir haben alle anderen Badegäste gebeten, sich in einer Reihe aufzustellen und das Wasser mit beiden Händen in meine Richtung zu schaufeln. Jan hat es tatsächlich fertig gebracht, dass man die Kacheln im Hintergrund nicht mehr erkennt. Ich wollte nämlich unbedingt, dass das Bild genauso aussieht wie das von Michael Stipe im Booklet der CD *»Automatic for the people«* von R.E.M. Natürlich habe ich auch eine Baseballkappe mit dem Schild nach hinten auf dem Kopf. Das Bild unterscheidet sich nur in einem Punkt von seiner Vorlage: Im Gegensatz zu Michael Stipe habe ich die Augen offen und blicke direkt in die Kamera. Jan behauptet, dass ich auf dem Bild viel älter aussehe als in Wirklichkeit. Natürlich hatte ich Fiona nichts von dem ganzen Theater im Hallenbad erzählt und ihr geschrieben, das Foto sei ein Schnappschuss, den mein Freund Jan gemacht habe.

Wir lagen nebeneinander auf dem Bett, ohne uns zu küssen. Lagen einfach nur da, hielten uns im Arm und hörten uns die neue MADONNA an. Über uns schaukelte Alex' Fisch hin und her. Manchmal streckten wir die Hand aus und schubsten ihn an. Er sah aus wie ein Zeppelin. Da ich den Wollpullover trug, den Fiona für mich gestrickt hatte, schwitzte ich wie verrückt. Der Pulli war großartig. Er war schwarz und hatte einen weißen Stern auf der Brust. Außerdem hatte sie aus der gleichen Wolle eine Tasche mitten auf den Bauch genäht, in die ich beide Hände stecken konnte.

»Ich bin froh, wenn ich hier wegkomme«, sagte Fiona irgendwann.

»Deine Mutter ist doch in Ordnung.«

»Sie schon«, sagte Fiona und schwieg.

Ich wollte ihr sagen, dass sie auch mit ihren Geschwistern zufrieden sein konnte, aber dann fiel mir Alex ein. Ich hatte keine Lust, jetzt über meinen toten Bruder zu reden oder nachzudenken.

»Ich bin auch froh, wenn ich von meinen Eltern wegkomme«, sagte ich schließlich.

»Siehst du.«

»Was wirst du eigentlich nach der Schule machen?«, fragte ich.

»Weiß nicht. Auf jeden Fall weg von hier. Nach Dublin. Oder noch besser ins Ausland. Sprachen lernen. Und du?«

»Architekt werd ich auf keinen Fall«, sagte ich.

»Das weiß ich.«

»Vielleicht werd ich Journalist«, sagte ich, »oder Reporter.«

»Ich hasse Schreiben.«

»Ich hab übrigens noch ein Geschenk für dich«, sagte ich, ohne darauf einzugehen.

»Ich auch.«

Ich stand auf und holte das eingepackte Tank Top aus der Tüte. Ich hatte goldene Kreise auf das Geschenkpapier gemalt. Fiona kniete sich auf das Bett, riss das Papier auf und hielt sich das Top vor die Brust, ohne ein Wort zu sagen.

»Es gefällt dir nicht«, stellte ich fest.

»Quatsch. Es ist toll. Vielleicht ein bisschen eng.«

»Ach was. Zieh es an.«

Fiona musterte mich schweigend. Dann stieg sie vom Bett. Sie drehte die Musik lauter, griff sich ins Haar und löste die beiden Holzspangen. Plötzlich wusste ich nicht mehr, wohin ich mit meinen Händen sollte. Ich setzte mich auf den Autosessel und verschränkte die Arme hinter dem Kopf. Fiona stand so steif da, als friere sie. Dann drehte sie sich um und schlüpfte aus dem Sweater. Darunter war sie nackt. Ihre Haut war unglaublich hell, fast weiß. Sie hatte Sommersprossen auf den Schultern.

»Erinnerst du dich?«, sagte sie, drehte sich zu mir um und deutete auf die kurze Narbe an ihrem Bauch. Es

sah so aus, als würden sich die Sommersprossen in den Wölbungen ihrer Schlüsselbeine wie Konfetti ansammeln.
Ich nickte. Sie hielt das Top in den Händen, zog es aber nicht an. Sie wollte, dass ich sie genau betrachtete.
»Ich weiß aber immer noch nicht, woher du die Narbe hast«, sagte ich.
»Bin mit dem Rad gestürzt. Die Lenkstange hat sich in meinen Bauch gebohrt. Da war ich sieben.«
Sie hob beide Arme in die Höhe. Ihre Brüste waren klein und spitz. Ihre Brustwarzen erinnerten mich an Kirschkerne. Erwartete Fiona, dass ich aufstand und sie anfasste? Ich blieb sitzen. Ihre Halskette hatte sich verheddert. Ihre Brüste hoben und senkten sich im Rhythmus ihrer schnellen Atemzüge. Wir sahen uns einen Augenblick an und ich glaube, dass sie dankbar war, dass ich sitzen blieb und sie einfach nur bewunderte. Sie zog sich das Tank Top über den Kopf und drehte sich begeistert um die eigene Achse. Es saß perfekt. Sie sah atemberaubend aus.
»Danke, Pat«, sagte sie.
Sie gab mir einen Kuss auf den Mund und setzte sich auf ihr Bett. Sie machte ein ernstes Gesicht.
»Möchtest du nicht mit mir schlafen?«, fragte sie.
»Natürlich will ich mit dir schlafen«, sagte ich nach einer Schrecksekunde.
»Ich will nämlich auch.«

»Ehrlich gesagt kann ich an nichts anderes mehr denken«, sagte ich.
»Blödmann«, lachte sie.
»Ist aber so.«
»Hast du an Kondome gedacht?«, fragte sie.
»Hab ich.«
»Ich auch.«
Wir hatten uns geschrieben, dass wir noch nie mit jemandem geschlafen hatten. Wir saßen uns gegenüber, wortlos und ohne uns zu berühren, sahen uns an und hörten MADONNA. Regen klopfte gegen die Scheibe. Fiona zog die Füße aufs Bett.
»Was ist eigentlich mit meinem zweiten Geschenk?«, fiel mir nach einer Weile ein.
»Moment«, sagte sie, stand auf und nahm ein kleines Paket aus dem Schrank. »Eigentlich wollte ich eine Kapuze an den Pulli nähen. Hat aber irgendwie nicht geklappt. Hier.«
Sie drückte mir das Paket in die Hand und sah mir zu, wie ich eine dunkelgraue Wollmütze auspackte.
»Danke«, sagte ich und setzte die Mütze auf.
»Steht dir ziemlich gut.« Sie lachte.
Ich nickte. Ich war ganz ruhig. Ich dachte weder an die Zukunft noch an die Vergangenheit, sondern genoss einfach den Augenblick. Jetzt war es egal, dass mir der Schweiß über den Rücken lief. Ich spürte, wie mein Herz schlug. Natürlich hätte ich Fiona in diesem Mo-

ment am liebsten gesagt, dass ich sie liebe. Aber ich ließ es bleiben. Sie wusste es auch so. Ganz bestimmt. Plötzlich dachte ich an Alex. Malte mir aus, wie ich ihm Fiona vorstellte. Und wie er mir später gestanden hätte, wie gut sie ihm gefiel. Dass er sich auch in sie verliebt hätte, wenn er nicht mein kleiner Bruder wäre. Ich sah ihn deutlich vor mir: Er kniff das linke Auge zu, wie immer, wenn er etwas sagte, das ihm wichtig war. Kniff das linke Auge zu und fuhr sich mit dem Handrücken über die Oberlippe. Alex hat nie eine Freundin gehabt. Er war einfach noch zu klein dafür. Dabei hat er zum Schluss unablässig von Mädchen geredet. Hat mir beschrieben, wie seine Freundin aussehen muss, wie sie riecht, dass sie ganz leicht lispelt, wie sie sich anzieht, was sie für Musik hört, dass sie gekochte Karotten und Salami hasst, Spinat und Hackbraten liebt, dass sie später einmal unbedingt am Meer leben will und ganz genau weiß, wie schnell ein Leopard laufen kann, wie alt Elefanten werden und dass der Axolotl kein Fantasietier ist, sondern ein unvollendeter Molch, den es nur in Mexiko gibt. Alex hatte mir den Axolotl auf ein Blatt Papier gezeichnet und schließlich ein Lexikon angeschleppt, weil ich ihm nicht glaubte, dass es ihn wirklich gibt. Alex hat nie Liebeskummer gehabt. Auch das durfte er nicht erleben. Nicht, dass ich Liebeskummer für etwas Tolles halte. Aber ich bin trotzdem froh, dass ich weiß, wie es

sich anfühlt, wenn man nicht mehr weiß, wo einem der Kopf steht, und wenn es einem fast die Brust zerreißt vor Kummer.
»Bist du O.K.?«, fragte Fiona.
»Ich hab an meinen toten Bruder gedacht.«
»Ich hätte ihn so gerne kennen gelernt.«
»Er dich bestimmt auch«, sagte ich.
Plötzlich hatte ich Tränen in den Augen. Ich gab mir keine Mühe, sie vor Fiona zu verbergen. Saß ihr gegenüber und ließ die Tränen über mein Gesicht laufen. Ich war froh, dass sie mich eine Weile in Ruhe ließ, bevor sie aufstand und mich in den Arm nahm.
Dann klopfte es. Ich wollte Fiona loslassen, aber sie hielt mich fest, bis es noch einmal klopfte.
»Moment«, rief sie.
»Macht bloß keinen Blödsinn, ihr beiden, hört ihr!«
»Bestimmt nicht, Mom.«
»Geht schon«, sagte ich und zog Rotz hoch, »ich bin in Ordnung.«
»Wirklich?«, flüsterte Fiona.
Ich nickte. Ihre Mutter öffnete die Tür, kam aber nicht ins Zimmer. Sie hatte eine Tasse in der Hand.
»Schöne Bluse«, sagte sie.
»Das ist keine Bluse«, antwortete Fiona.
»Schön ist sie trotzdem.«
Die beiden lachten. Fiona machte die Musik aus und setzte sich auf den Fenstersims. Ich zog die Wollmütze

aus. Der Blick von Fionas Mutter machte mich verlegen. Sie wusste genau, dass wir uns geküsst hatten und dass wir irgendwann in den nächsten zwei Wochen miteinander schlafen würden. Sie trank aus der Tasse, und als sie mich wieder ansah, lächelte sie wehmütig. Plötzlich war mir klar, dass wir sie an ihre eigene Jugend erinnerten. Dass sie sich selbst vor sich sah, sich und ihren damaligen Freund. Fiona hatte mir geschrieben, dass sich ihre Mutter weigerte, über ihren Mann zu reden. »Sie hat uns verboten, seinen Namen zu erwähnen.« Sie hatte all seine Kleider und Sachen verbrannt, genauso alle Fotos, auf denen er zu sehen war. Den Ehering hatte sie ins Meer geschmissen. Seit dem Telefonanruf aus England hatte Fionas Mutter nichts mehr von ihrem Mann gehört. Aber geschieden waren sie nicht. Der Kerl hatte sich in Luft aufgelöst. Natürlich zahlte er für keines seiner Kinder Unterhalt.

»Kommt ihr? Ich will Patrick meinem Bruder vorstellen.«

»Ohne mich«, sagte Fiona.

»Stell dich nicht so an«, fuhr ihre Mutter sie an.

»Ich kenn ihn ja schließlich schon«, stellte Fiona trocken fest.

»Siehst du, Patrick? Da hörst du es!«

»Und zwar zur Genüge«, fügte Fiona hinzu.

»Dabei vergöttert er sie. Kommst du, Patrick?«

Ich hätte mich gerne mit einem Kuss von Fiona verabschiedet, aber ihre Mutter stand in der Tür und beobachtete uns. Außerdem hatte ich keine Ahnung, wie Fiona jetzt auf einen Kuss oder eine Umarmung reagieren würde. Ich hatte keine Lust, von Fiona vor ihrer Mutter zurückgewiesen zu werden. Ich stand auf und machte, dass ich so schnell wie möglich aus dem Zimmer kam. Fiona sah mich nicht einmal an. Sie stand mit gesenktem Kopf am Fenster und hatte die Fäuste geballt. Sie ging mir zum ersten Mal, seit ich sie kannte, auf die Nerven. Erst auf dem Flur fiel mir auf, dass meine Hände zitterten.

Fionas Mutter stemmte das Tor auf und schob mich vor sich her in die Garage. Meine Augen brauchten einen Moment, um sich an das schummrige Licht zu gewöhnen. In der Ecke stand eine Shell-Muschel, die mir bestimmt bis zur Brust reichte. Daneben war ein Motorrad ohne Sattel aufgebockt: TRIUMPH BONVILLE. An der einen Wand hingen Poster von Bands und Musikern, die ich von meinem Vater kannte: BLACK SABBATH, LED ZEPPELIN, JIMI HENDRIX, RORY GALLAGHER und DEEP PURPLE. An den drei anderen Wänden waren fein säuberlich Werkzeuge angebracht.
»Tony!«, rief Fionas Mutter.
Dass ein Mann unter dem roten Pick-up in der Mitte der Garage lag, bemerkte ich erst, als er sich bewegte. Der Mann trug eine Schutzbrille mit verschmierten

Gläsern und hielt ein fauchendes Schweißgerät in der Hand. Er war höchstens ein paar Zentimeter größer als ich, seine schwarzen Haare fielen ihm weit über die Schultern. Obwohl es in der Garage saukalt war, hatte er nur ein verdrecktes Unterhemd an. Wollte er mir seine Muskeln oder die Tätowierung auf dem Oberarm vorführen? Er schaltete das Schweißgerät aus und nahm die Schutzbrille ab. Seine Augen waren stechend blau.

»Du bist also der Kerl, der mir Fiona weggeschnappt hat«, sagte er und lachte gackernd.

»Mein Bruder ist ein Wildfang geblieben«, sagte Fionas Mutter.

»Ich bin Patrick.«

»Anthony«, sagte er und gab mir die Hand, »wie Anthony Perkins.«

»Wer?«, fragte ich.

»Du weißt nicht, wer Anthony Perkins ist? Gehst du nie ins Kino? Du hast doch bestimmt …«

»Natürlich geht Patrick ins Kino«, fiel ihm Fionas Mutter ins Wort.

»Dann hast du ›Psycho‹ gesehen. Das ist Anthony Perkins.«

»Nein, hab ich nicht«, log ich.

Natürlich hatte ich den Film gesehen. Zwar nicht im Kino, sondern im Fernsehen, dafür aber schon mehrmals.

»Und so einer ist also der Freund meiner Fiona«, sagte Anthony.
»Er macht nur Spaß«, sagte Fionas Mutter.
Sie nahm mich am Arm und führte mich vor einen großen Kühlschrank. An einem Seilzug hing ein ausgebauter Motor von der Decke, darum mussten wir uns bücken.
»Möchtest du eine Cola?«, fragte sie.
»Patrick trinkt ein Bier!«
Anthony war noch vor uns am Kühlschrank, machte die Tür auf und nahm zwei Büchsen Bier heraus.
»Ist mir zu kalt«, sagte ich.
»Zu kalt! Witzbold! Da, nimm!«
Er riss beide Büchsen auf und drückte mir eine in die Hand. Er zeigte auf ein durchgesessenes Sofa, auf dem mehrere Wolldecken lagen.
»Prost«, sagte er und setzte sich auf das Sofa.
»Prost.«
Ich setzte mich neben ihn und nahm einen kleinen Schluck. Fionas Mutter blieb stehen. Ihr Bruder hatte ihr nichts zu trinken angeboten.
»Möchten Sie?«, fragte ich sie und hielt die Büchse in die Höhe.
»Moira trinkt nicht«, sagte Anthony schnell.
Er zog eine zerdrückte Zigarettenpackung aus der Hosentasche und zündete sich eine an.
»Auch eine?«, fragte er mich.

»Tony, bitte!«, sagte Fionas Mutter.
Ich schüttelte den Kopf. Fionas Onkel erinnerte mich an den Vater eines ehemaligen Schulkollegen, bei dem ich ein paar Mal zu Hause gewesen war. Sein Vater hatte schulterlange Haare, trug knallenge Jeans und Cowboystiefel und trank schon vor dem Mittagessen ein paar Gläser Weißwein. Dazu hielt er Vorträge über irgendwelche Rockbands aus den siebziger Jahren, die wir verabscheuten, die er uns aber trotzdem immer wieder vorspielte. Außerdem legte er sich mit allen Lehrern und Beamten an und führte sich wie ein Kumpel auf. Dabei war er nichts als ein Kindskopf, der sich einen Scheiß um seinen Sohn kümmerte.
»Gefällt dir der Wagen?«, fragte Anthony und deutete mit der brennenden Zigarette auf den Pick-up.
»Allerdings«, sagte ich.
Ich machte mir zwar nichts aus Autos, aber der Pick-up war wirklich toll. Er sah genauso aus wie die Autos, die ich aus amerikanischen Filmen kannte. Bullig. Unverwüstlich. Abenteuerlich. Der richtige Wagen, um mit kreischenden Reifen vom Highway abzubiegen und durch die Wüste zu brettern. Um abzuhauen und Verfolger loszuwerden.
»Verkauft«, sagte Fionas Onkel, »ich mach das Gerät für einen Kerl aus Deutschland zurecht. Bist du nicht auch aus Deutschland?«
»Patrick kommt aus der Schweiz«, sagte Fionas Mutter.

»Ist das nicht dasselbe?«
Ich schüttelte den Kopf und stellte die fast volle Bierbüchse auf den Boden. Tony lachte und legte mir beschwichtigend die Hand auf die Schulter. Dann ließ er die Kippe in seine leere Büchse fallen.
»War doch bloß ein Witz!«
»Fiona wartet«, sagte ich.
»Das ist natürlich ein Argument«, sagte Tony, »Mädchen soll man ja bekanntlich nicht warten lassen, was?«
Ich stand auf und sah, dass hinter dem Sofa ein langes gelbes Kanu auf einem Anhänger lag.
»Schönes Boot«, sagte ich.
»Lust auf eine kleine Ausfahrt?«
»Tony, es ist doch stockdunkel!«, sagte Fionas Mutter.
»Wer redet denn von jetzt? Morgen natürlich. Na?«
»Im Dezember?«, sagte ich.
»Na und? Man muss sich nur richtig anziehen. Was meinst du?«
»Gerne«, sagte ich, obwohl ich eigentlich gar keine Lust hatte.

FÜNF

War das Fenster zu, schwitzte ich. Machte ich es auf, war mir zu kalt. Es war ein ewiges Hin und Her. Ich stand alle paar Minuten auf, ich konnte ja sowieso nicht schlafen. Es war totenstill im Haus. Einmal bellte Conors Hund, aber er hörte nach wenigen Sekunden damit auf. Natürlich hatte ich es nicht lassen können, die Schubladen des Schreibtisches und den Schrank zu durchsuchen. Gefunden hatte ich allerdings nichts Aufregendes: Die vier Schubladen waren mit Rechnungen, Lieferscheinen und irgendwelchen Preislisten voll

gestopft. In der obersten lagen ein Fläschchen Whiskey, eine einzelne Socke und eine Hand voll lose Zigaretten, aus denen der Tabak bröselte. Unten im Schrank stapelten sich alte Autozeitschriften und Broschüren für Autozubehör. Darüber hingen eine Lederjacke und ein Overall. Die anderen Drahtbügel waren leer.
Aus dem Fenster sah man über den Hinterhof zur Garage. Tony hatte bis nach Mitternacht gearbeitet. Das Licht des Schweißgerätes hatte die Nacht erhellt und war über die Wände des Cottage gezuckt. Ich hatte gesehen, wie Tony ins Freie trat, das Tor verschloss und eine Zigarette rauchte. Danach hatte er sich in der Küche ein paar Minuten mit Fionas Mutter unterhalten. Kurz darauf hatte ich Schritte im oberen Stock gehört, und es war ruhig geworden. In welchem Zimmer schlief Fionas Onkel?
Kaum lege ich mich ins Bett, denke ich unweigerlich an Alex. Zwei Wochen nachdem mein Bruder in Spanien ertrunken ist, habe ich seine Sachen und seinen Schulranzen durchwühlt. Ich hatte das Verlangen, irgendetwas zu finden, das mir seinen ungerechten Tod erklärt. Ich hatte keine Ahnung, wonach ich suchte. Vielleicht wollte ich ihm einfach nur nahe sein, indem ich all die Dinge in die Hand nahm, die ihm etwas bedeutet hatten: seine Schwimmflossen, seine Taucherbrille, seine drei Badehosen, das Kinderlexikon, seinen Lieblingspulli der Illinois University, seine Muschelsammlung

und die Milchzähne, die er in einem Honigglas aufbewahrte. Ich nahm mir auch das vor, was Alex gehasst hatte: das Mathematikbuch, die Krawatte mit Gummizug, den dunkelblauen Blazer, die Blockflöte und die Noten, die dazugehörten, seine Zahnspange, die Wanderschuhe und die roten Wandersocken.
Natürlich hat mir das nicht geholfen, seinen Tod zu verstehen. Im Gegenteil. Warum gerade er? In einem seiner Sweater fand ich in der Brusttasche einen zerdrückten Schokoriegel. Das hat mir komischerweise den Rest gegeben. Der Riegel war noch nicht einmal abgelaufen. Ich habe ihn genau sechs Monate, zwei Wochen und vier Tage aufbewahrt. Aber dann konnte ich seinen Anblick nicht mehr ertragen und habe ihn weggeworfen.
Mittlerweile war es fast eins. Tonys Büro war der reinste Backofen, ich musste schon wieder das Fenster aufmachen. Ich streckte eben den Kopf ins Freie, um nach Luft zu schnappen, als die Tür aufging. Fiona schlüpfte ins Zimmer. Sie legte den Zeigefinger an die Lippen und schloss das Fenster. Sie trug dieselben Kleider wie am Nachmittag.
»Ich muss dir etwas zeigen«, flüsterte sie.
»Jetzt?«
»Zieh dich an, mach schon. Und sei leise.«
Ich zog rasch meine Kleider über, dann schlichen wir uns aus dem Haus. Die Nacht war klar und kalt. Ich

folgte Fiona über den Hof hinter die Garage. Dort rannten wir durch einen schmalen Durchgang, der zwischen den aufgetürmten Autowracks durchführte. Fiona lief vor mir her und verlor kein Wort. Nach etwa zweihundert Metern kamen wir an einen Ort, an dem mehrere dieser Durchgänge zusammenliefen. Wir nahmen den breitesten Gang und standen kurz darauf vor einem Bretterzaun. Fiona drehte sich um und umarmte mich.

»Jetzt wird's geheim«, sagte sie.

Ich spürte ihre Lippen an meinem Hals und bekam Gänsehaut. Fiona machte sich los und öffnete die Fahrertür eines Vauxhall mit eingedrücktem Dach. Sie stieg auf den Fahrersitz, kletterte über den Schalthebel und öffnete die Beifahrertür auf der anderen Seite.

»Komm«, sagte sie, »und mach die Türen hinter dir zu.«

Ich folgte ihr.

Auf der anderen Seite des Vauxhall krochen wir unter der aufgebockten, ausgebrannten Fahrerkabine eines Lastwagens hindurch, rutschten über die Rückbank einer Limousine ohne Hintertüren und standen endlich vor einem wahren Gebirge aufeinander getürmter Wracks. Fiona zog mich in einen Spalt, der fast zu schmal war für mich. Nach ein paar Metern kamen wir an eine Stelle, die breit genug war für eine Leiter.

»Warte, bis ich oben bin«, befahl sie.

Sie stieg die Leiter hoch und verschwand in einem roten Bus, der ganz oben auf dem Turm aus Autowracks lag. Mein Atem stand als weiße Wolke vor meinem Gesicht. Als ich die Leiter packte und wieder nach oben blickte, sah ich, dass die Milchstraße genau über uns stand.

Ich spürte den rauen Stoff der Matratze an meinen Beinen. Das Laken war verrutscht, wir hatten es unter mir weggestrampelt. Ich hob die Decke und sah Fiona beim Schlafen zu. Die eine Hälfte ihres Gesichtes lag im Dunkeln, auf der anderen flackerte das Licht der Gaslampe und der Kerzen, die im ganzen Camper verteilt waren. Sie roch jetzt anders als sonst, irgendwie schwer und abgestanden. Sie roch nach Schlaf. Ich liebte den Geruch. Ihre Haut war warm. Wenn ich sie berührte, murrte sie und drehte sich zur Seite. Ich legte mich vorsichtig neben sie und zog die Decke bis unter ihr Kinn. Wir hatten uns so lange geküsst und gestreichelt, dass ich jedes Zeitgefühl verloren hatte. Wie lange lagen wir schon in dem roten Bus, aus dessen verhängten Fensterchen man den ganzen Autofriedhof überblicken konnte? Stunden? Minuten? Oder schon seit Tagen? Ich brauchte ja eigentlich bloß auf meine Uhr zu sehen, aber ich ließ es bleiben. Es war mir völlig egal, wie spät es war. Wir hatten uns überall angefasst. Fiona hatte sogar meinen Penis in den Mund genommen, aber dann fingen wir beide an zu lachen, und sie hatte damit aufgehört. Wir hatten nicht miteinander geschlafen, das war gar kein Thema gewesen. Wir brauchten nicht einmal darüber zu reden. Wir wussten beide, dass wir noch nicht so weit waren. Noch nicht. Wir hatten schließlich Zeit, viel Zeit.

Der Camper war das pure Gegenteil von Fionas Zimmer. Eine gemütliche Höhle. Die Gaslampe und das Kassettengerät standen in Reichweite neben dem Bett, die Kerzen steckten in Weinflaschen, die mit dicken Wachszungen in allen möglichen Farben überzogen waren. Damit man die Lichter nicht sehen konnte, hatte Fiona alle Fenster verhängt. Überall lagen Muscheln, Steine und getrocknete Blumen. An einer Schranktür hing der ausgebleichte Schädel eines Schafes, den Fiona am Fuß der Klippen gefunden hatte. Von der gewölbten Decke baumelte Treibholz in den absonderlichsten Formen, das sich im Luftzug bewegte. Die Wand hinter der Sitzecke war mit Fotos von mir und mit meinen Briefen tapeziert. Im ersten Moment war mir das peinlich, aber dann fiel mir die Pinnwand über meinem Schreibtisch mit den Fotos von Fiona ein. Manchmal sitze ich über aufgeschlagenen Schulbüchern und kann minutenlang nicht aufhören, ihre Bilder anzustarren.

Den Zugang zur Fahrerkabine hatte Fiona mit zwei schweren Wolldecken zugehängt. Die Frontscheibe des

Bedford-Campers war zersplittert. Das Steuerrad fehlte, das Armaturenbrett war zerbrochen. Wahrscheinlich hatte der Wagen eine Frontalkollision gehabt. Fiona hatte mir erzählt, dass sie jede Nacht im Camper schlief. Jede. Meiner Frage, warum sie denn nicht in ihrem Zimmer schlafe, war sie ausgewichen, und ich hatte sie nicht gedrängt.
Fiona schnappte nach Luft, murmelte etwas und hob die Arme in die Höhe. Sie öffnete die Augen und sah mich erstaunt an.
»Schscht«, machte ich, »schlaf weiter.«
»Du hast mir deinen Lebensretter noch nicht gesagt«, murmelte sie.
»Das hat Zeit bis morgen. Schlaf weiter.«
»Hat es nicht. Sag schon.«
»Du zuerst.«
Sie machte die Augen zu, und ich dachte schon, sie sei wieder eingeschlafen. Aber dann rieb sie sich die Nase und sah mich an.
»Das Geräusch des Dynamos an meinem Rad«, sagte sie.
»Dynamo?«
»Du weißt schon. Das Ding, das man an den Vorderreifen klappt, damit das Licht brennt.«
»Ach so. Und was ist damit?«, fragte ich.
»Das Geräusch, das er gemacht hat, als ich heute Nachmittag nach Hause gefahren bin. Das war toll.«
Ihre Stimme kippte weg, und die Augen fielen ihr zu.

Sie war tatsächlich eingeschlafen. In ihrem Mundwinkel klebte getrockneter Speichel. Wenn sie ausatmete, gurgelte es leise.
Sollte ich ihr meinen Lebensretter trotzdem nennen? Ich legte mich auf den Rücken und sagte laut: »Der Benzingeruch im Flieger nach Sligo.« Fiona schlief wirklich, sonst hätte sie bestimmt darauf reagiert. Ich weiß, dass sie den Geruch nach Benzin hasst. Es war ihre Idee gewesen, dass wir uns die kleinen Dinge schrieben, die das Leben unserer Ansicht nach lebenswert machten. Wir hatten schon vor ein paar Wochen damit angefangen und diese kleinen Dinge »Lebensretter« genannt. Logischerweise hatte ich zuerst einfach alles aufgezählt, was mir an ihr gefiel. Ihre Haare. Ihre lange Nase. Ihr Mund. Ihre Hände. Die Farbe ihrer Augen. Aber dann hatte sie durchgesetzt, dass das nicht mehr galt. Fiona nannte nur komische Dinge, die Alex garantiert gefallen hätten: das Blubbern der weißen Böhnchen in der Pfanne; der Geruch, den man an den Fingern hat, wenn man sich zwischen den Zehen kratzt; die Farbe des Himmels vor einem Unwetter; der Moment, bevor man eine CD auspackt, die man sich schon lange kaufen wollte.
Ich schob meine Hand unter Fionas Kreuz und legte mich so dicht neben sie, dass ich ihren Herzschlag nicht mehr von meinem unterscheiden konnte.

SECHS

Die Schwimmweste drückte mir sogar dann auf die Halsschlagader, wenn ich gar nicht paddelte und Tony die ganze Arbeit machen ließ. Er saß hinter mir, sagte aber nichts, wenn ich das Paddel aus dem Wasser hob und mich ausruhte. Ich war todmüde. Fiona hatte mich um halb sieben geweckt; ihre Mutter stand kurz nach sieben auf und durfte auf keinen Fall mitbekommen, dass wir die Nacht nicht im Haus verbracht hatten.

Knapp über der Wasseroberfläche trieben Nebelschleier. Manchmal war das Ufer nur als Umriss zu erkennen, aber dann brach plötzlich die Morgensonne durch die Wolken und verwandelte den See in eine blitzende Fläche. Lough Melvin lag wie eine Scherbe zwischen den Bergen und war spiegelglatt. Tony hatte mir gezeigt, wie man mit dem Paddel umgeht. Es war keine Frage der Kraft, sondern der Sparsamkeit und des Rhythmus. Man durfte es nicht zu tief eintauchen, weil man dann zu viel Energie brauchte. Tauchte man das Paddel dagegen nur oberflächlich ein, kam man nicht voran. Tonys Bewegungen waren fließend und elegant. Wenn er paddelte, gab es nicht den kleinsten Spritzer. Es sah aus, als berührte er das Wasser gar nicht. Dabei flogen wir pfeilschnell über die Oberfläche.

»Du darfst nicht gegen das Wasser ankämpfen«, erklärte mir Tony, »der See muss die Arbeit machen.«

Wir glitten in eine Bucht, die in der Sonne lag. Anfangs hatte ich gefroren, aber jetzt schwitzte ich. Das Paddeln war anstrengender, als ich gedacht hatte. Wir fuhren bis dicht ans Ufer, und dann zeigte mir Tony, wie man das Kanu manövriert. Als ich es schließlich begriffen hatte, genügte eine kleine Drehung des Handgelenkes, und das Boot drehte sich in die gewünschte Richtung, hielt an oder schoss vorwärts.

»Jetzt hast du's«, rief Tony und klopfte mir auf die Schulter.

Er forderte mich auf, das Kanu aus der Bucht zu steuern, und dirigierte mich durch eine Stelle, die mit Steinen gespickt war. Kaum waren wir auf dem offenen See, machten wir für ein paar Minuten Dampf. Ich spürte, dass wir genau im selben Rhythmus paddelten. Es war großartig. Das Boot schien zu schweben, über die Oberfläche dahinzuschießen. Von unseren Paddeln war nichts zu hören, dafür zischte der Plastikrumpf des Bootes wie das Segelflugzeug, das einmal direkt über Alex und mich hinweggeglitten war. In der Mitte des Sees legten wir die Paddel ins Kanu und ließen uns treiben. Tony steckte sich eine Zigarette an.

»Auch eine?«

Ich schüttelte den Kopf. Auf der Spitze des Berges lag Schnee. Die Beine und Oberarme taten mir weh, aber ich sagte nichts.

»Sie ist ein tolles Mädchen, was?«

Ich nickte. Zu gerne hätte ich gewusst, was Tony jetzt für ein Gesicht machte.

»Ein richtiger Hitzkopf ist sie«, sagte er.

Ich hatte keine Lust, mich mit ihm über Fiona zu unterhalten. Sollte ich einfach weiterpaddeln? Ich hörte, wie er Rauch ausstieß.

»Hat sie dir von Ronan erzählt?«, fragte er.

»Ronan? Wer ist Ronan?«

»Vergiss es. Ein Schwächling.«

»Wer ist Ronan?«, wiederholte ich.

»Sie hat dir also nicht von ihm erzählt. Typisch. Frag Fiona. Aber ich hab nix gesagt, kapiert?«

Die Kippe flog an mir vorbei. Tony hustete und spuckte dann in den See.
»Habt ihr schon miteinander geschlafen?«, fragte er.
Ich schüttelte den Kopf. Was ging ihn das an? Tony, das Arschgesicht. Ich bereute es, mit ihm in sein Kanu gestiegen zu sein.
»Aber du würdest gern, was?«
»Logisch«, sagte ich und ärgerte mich sofort über mich.
»Kann ich verstehen. Aber geküsst habt ihr euch?«
»Können wir zurückfahren? Ich friere.«
»Hab ja bloß gefragt. Wenn du nichts dagegen hast, mach ich ein kleines Nickerchen. Hast du den Kahn im Griff? Gut. Vorwärts!«
Ich blieb reglos sitzen und wartete darauf, dass er noch etwas sagte. Dass er mich anmachte und ich mich wehren konnte. Aber Tony hielt den Mund. Also fing ich irgendwann an zu paddeln. Ich legte so viel Wut und Kraft in meine Schläge, wie ich wohl benötigt hätte, um einen erwachsenen Mann zu verprügeln.
Als wir in die Bucht einfuhren, in der Tonys Jeep stand, war mein Nacken so verspannt, dass ich kaum den Kopf drehen konnte.
»Braver Junge«, sagte Tony, »gut gemacht. Sehr gut.«

Die Zwillinge saßen Fiona und mir gegenüber. Sie konnten es nicht lassen, mich anzustarren. Ihre Mutter stand am Herd, rührte in einem Kochtopf und rief alle paar Sekunden nach Conor. Schließlich kam er tatsächlich in die Küche herunter. Sein Hund ging so dicht neben ihm her, dass es aussah, als sei er an seinem Bein festgewachsen. Conor schnappte seinen vollen Teller und sah sich zerstreut um. Er hatte zwei unterschiedliche Socken an.

»Schulaufgaben«, murmelte er, »Mathe«, und verschwand mit dem Teller nach oben. Keane lief einmal schnuppernd um den Tisch, nieste und folgte dann Conor.

»Witzbold«, sagte Fiona.

»Du musst wissen, dass Conor ein Lügner ist, Patrick«, sagte Dara ernsthaft.

Ihre Zwillingsschwester Dana griff nach dem Milchglas. Als sie den Arm abwinkelte um es hochzuheben, machte sie ein knarrendes Geräusch, als müssten ihre Gelenke geölt werden.

»Weißt du, was Conor bedeutet?«, fragte mich Dara.

»Was Conor bedeutet? Wie meinst du das?«

»Auf Gälisch«, sagte sie.

»Nein.«

»Das hab ich mir gedacht«, sagte sie spitz.

»Und? Was bedeutet es?«

»Der mit dem Hund kann.«

»Na ja«, sagte ich, »das passt wenigstens.«

»Dara hat natürlich auch eine Bedeutung«, sagte sie.

»Lass ihn in Ruhe, Dara«, sagte ihre Mutter.

Sie trat an den Tisch und schaufelte weiße Bohnen in roter Sauce neben die Spiegeleier auf unseren Tellern.
»Wo ist eigentlich Anthony?«, fragte ich.
»Bei seinen Autos«, antwortete Dara.
»Mein Bruder macht sich nichts aus dem Mittagessen.«
»Es sei denn in flüssiger Form«, zischte Fiona.
»Sehr witzig«, sagte Fionas Mutter.
Dana schob einen Haufen Bohnen auf ihrem Teller hin und her, wobei sie leise Motorengeräusche von sich gab. Da niemand darauf einging, beachtete ich sie ebenfalls nicht. Sie bohrte in der Nase. Als sie den Finger herauszog, machte sie plopp!, als entkorke sie eine Flasche. Ich lächelte ihr zu, aber sie sah mich völlig reglos an und aß dann weiter.
»Könnt ihr bitte heute Nachmittag einkaufen, Fiona? Ich muss gleich zur Arbeit. Ich hab alles aufgeschrieben«, sagte Fionas Mutter.
»Dann brauch ich aber einen Wagen.«
»Tony weiß Bescheid«.
Fionas Mutter hatte eine Bratpfanne in der Hand, aus der sie uns Champignons, Tomatenhälften und Speck auf die Teller schaufelte. Fiona hatte mir geschrieben, dass sie schon seit ein paar Monaten mit dem Auto zum Einkaufen fahren durfte. Natürlich hatte ich ihr das nicht geglaubt; schließlich war sie erst sechzehn, genau wie ich.
»Isst du nichts, Mom?«, fragte Fiona.
»Hab schon.«

»Weißt du, wie viele Einwohner Mexico City hat?«, fragte mich Dara.
»Nein«, antwortete ich.
»Niemand weiß es genau«, belehrte sie mich.
»Und warum fragst du mich dann?«
»Man weiß es nur *ungefähr*«, sagte sie.
»Dara, es reicht«, sagte ihre Mutter.
»25 Millionen.«
»Du sollst ihn endlich in Ruhe lassen«, sagte Fiona lachend.
»Das ist natürlich nur eine Schätzung«, fügte Dara hinzu.
Dana hatte angefangen, ihren Teller abzulecken. Als sie ihn auf dem Tisch abstellte, machte sie ein ekelhaftes Sirenengeräusch. Fiona schenkte ihr sofort Milch nach, und Dana hörte damit auf. Ich schob mir den letzten Champignon in den Mund. Er schmeckte nach Pappe. Nach angekokelter Pappe. Ich spülte mit warmem Mineralwasser und machte mich auf den Weg zur Toilette. In der Tür drehte ich mich um: Fiona sah mich an und zupfte nachdenklich an ihrem Ohrläppchen. Als ich ihr zuzwinkerte, lächelte sie und senkte den Blick. Die Zwillinge starrten mich immer noch an. Sie kauten simultan und griffen gleichzeitig nach ihren Milchgläsern. Wollten sie mich auf den Arm nehmen? Oder waren sie immer so?
Auf dem Flur im oberen Stock hörte ich die Musik, die

in Conors Zimmer lief. SOUNDGARDEN. Das Lied *»Like suicide«* war einmal mein Lieblingsstück gewesen. Heute konnte ich es nicht mehr ausstehen. Offenbar hatte Conor die Repeat-Taste gedrückt. Kaum war der Song vorbei, begann er wieder von vorn.

Im Bad herrschte ein unvorstellbares Durcheinander. Ich drehte den Schlüssel um und setzte mich auf den Rand der Badewanne. Meine Sachen fehlten mir, ich hätte mich gerne umgezogen. Wo blieb bloß mein Seesack? Alex hat es geliebt, tagelang dieselben Klamotten zu tragen, aber ich kann es nicht ausstehen. »Ein Pulli muss nach dir riechen, sonst ist es nicht dein Pulli«, hat er mir einmal erklärt. Seine Kleider haben weiß Gott nach ihm gerochen. Wenn ich seine Schubladen aufmachte, hat es mich immer fast umgehauen. Seit er acht war, hat sich Mutter geweigert, sein Chaos aufzuräumen. »Wenn du es nicht selbst machst, macht es niemand, das ist dir hoffentlich bewusst«, hat sie ihm erklärt. »Sehr gut«, hat er geantwortet. Irgendwann wären seine Schubladen wahrscheinlich so überfüllt gewesen, dass man sie nicht mehr hätte aufziehen, sondern aufsägen müssen. Als ich ihm das erzählt habe, war er völlig aus dem Häuschen vor Begeisterung.

Die Wanne hatte Schmutzränder, im Waschbecken klebten Haare und Zahnpasta. Es stank nach feuchten Socken. Ich blieb ziemlich lange sitzen. Der Wasserhahn tropfte. Was hatte ich hier eigentlich verloren?

»Fiona ist deine Freundin, du Trottel. Das hast du hier verloren.« Ich versuchte mir auszumalen, wie es gewesen wäre, wenn Fiona in die Schweiz gekommen wäre, um dort mit mir Neujahr zu feiern. Die Vorstellung, wie wir neben meinen Eltern auf der Polstergruppe vor dem Fernseher hockten, Chips in uns hineinstopften und uns irgendeine langweilige Show ansahen, machte mir allerdings klar, dass es eindeutig besser war, hier in Irland zu sein. Viel besser. Ich zog die Spülung und trat auf den Flur.

Dort hörte ich, dass Fiona und ihre Mutter unten über mich redeten. Ich schlich bis an den Rand der Treppe, ging in die Hocke und hörte mit angehaltenem Atem zu.

»Wenigstens ist er nett«, sagte Fionas Mutter.

»Nett!«, sagte Fiona laut. »Phil Collins ist nett!«

»Ist er nicht. Phil Collins ist eine Niete. Das ist ein Unterschied. Ich weiß gar nicht, was du hast.«

»Du magst ihn nicht«, stellte Fiona fest.

»Ich hab doch nur gesagt, dass ich ihn nett finde. Und dass ich nicht will, dass er dich verletzt.«

»Wie Ronan, was!?«

»Das hab ich nicht gesagt. Obwohl er ihm ähnlich sieht.«

»Tut er nicht!«, zischte Fiona.

»Doch. Er ist der gleiche Typ«, sagte ihre Mutter bestimmt.

»Spinnst du! Der gleiche Typ! Was soll das heißen?«

»Das weißt du ganz genau, Fiona!«
Jetzt hatte ihre Stimme einen scharfen Unterton. Ich stellte mir vor, wie sich Mutter und Tochter in der Küche gegenüberstanden und wütend anstarrten. Wo waren die Zwillinge?
»Du bist widerlich! Du willst ihn mir doch nur vermiesen, weil du kein Glück hast mit den Männern.«
Für einen Augenblick war es totenstill. Dann stellte jemand so heftig einen Gegenstand hin, dass es knallte.
»Wie redest du eigentlich mit mir!«, schrie Fionas Mutter.
»Ich weiß genau, warum Pa dich verlassen hat!«
»Wie war das?«
»Weil er nämlich genug von dir hatte!«
Es rumpelte, wahrscheinlich fiel ein Stuhl um. Irgendetwas knallte gegen die Wand, ich hörte schnelle Schritte und das Klicken eines Feuerzeuges, kurz darauf wurde die Haustür zugeknallt. Ich zählte bis zwanzig, bevor ich nach unten ging. Die Küche war leer. In der Spüle stapelte sich das schmutzige Geschirr, an der Wand klebte ein Lappen, der langsam zu Boden rutschte, als ich den Kühlschrank zumachte. Ich stellte den umgefallenen Stuhl an den Tisch zurück und machte mich an den Abwasch.

Das Tor der Garage war geschlossen, aber die Hardrock-Musik war so laut, dass wir sie hörten, als wir aus dem Cottage traten. Die Sonne schien und es war verblüffend warm.

»Ich hasse AEROSMITH«, sagte Fiona.

»Kann ich gut verstehen«, antwortete ich.

Der Ford von Fionas Mutter war verschwunden. Conor war vor ein paar Minuten mit dem Mofa zum Fußballtraining gefahren. Seinen Hund hatte er vor dem Treibhaus an die Leine gelegt. Conor hatte mir erklärt, dass Keane Bälle nicht ausstehen konnte und sich sofort auf sie stürzte, um sie zu zerbeißen. Die Zwillinge saßen im Wohnzimmer vor dem Fernseher.

»Ich geh da nicht rein«, sagte Fiona und zeigte auf die Garage.

»Und warum nicht?«

»Darum.«

»Ach komm«, sagte ich und gab ihr einen Schubs.

»Lass das. Hol du den Schlüssel. Bitte.«

Die Vorstellung, die Werkstatt ihres Onkels zu betreten, war ihr offensichtlich zuwider. Sie setzte sich neben Keane auf den Boden und sah mich bittend an. Ich stieß das schwere Tor auf und betrat die Garage. Die Musik war so ohrenbetäubend laut, dass ich das Gefühl hatte, jemand haue mir mit voller Wucht immer wieder eine Stahlkugel in den Magen. Tony kauerte vor dem Pick-up und wechselte ein Scheinwerferglas aus. Obwohl er mich sah, sang er das Gitarrensolo lauthals Ton für Ton mit. Bestimmt spielte er gelegentlich Luft-

gitarre in seiner Garage. Schnitt Grimassen, sprang in die Grätsche, schwang den Oberkörper vor und zurück. Grauenhaft.
»Ich soll den Schlüssel holen«, brüllte ich.
»Was?«, schrie er zurück.
»Den Schlüssel für das Auto!«
Er stand auf, zwängte eine Hand in die Hosentasche seiner engen Jeans und warf mir den Schlüssel kommentarlos zu.
»Viel Spaß«, brüllte er und machte sich wieder an die Arbeit.
Fiona kauerte immer noch vor dem Treibhaus neben Keane und streichelte ihn. Jetzt hatte sie die Wollmütze auf, die sie mir geschenkt hatte.
»Hier«, sagte ich und gab ihr den Schlüssel.
»Und? Für welches Auto ist er?«
»Was? Keine Ahnung. Ich hab ge…«
»Arschloch!«
Sie stand auf, ihre Schultern zitterten vor Wut. Plötzlich ging sie mir nur noch auf die Nerven. Es war, als hätte man in meinem Innern einen Schalter umgelegt. Ihre Wut war kindisch und zickig. Ich drehte mich wortlos um und ließ sie stehen. Marschierte los, ohne mir zu überlegen, wohin ich wollte oder was ich als Nächstes tun sollte. Ich war nicht enttäuscht, sondern einfach nur furchtbar erschöpft. Meine Beine waren aus Blei, ich kam kaum vom Fleck.

»Nicht du. Er«, rief sie mir nach.
»Trotzdem«, sagte ich und ging weiter.
»So viel ist ein Versprechen von dir also wert. Toll.«
Ihr Tonfall war sarkastisch, gemein. Mit einem Mal konnte ich mir genau vorstellen, wie unangenehm es für ihre Mutter und für ihre Geschwister sein musste, sich mit ihr zu streiten.
»Jetzt bleib schon stehen!«, rief sie.
Keane kläffte, ich hörte, dass er an seiner Leine zerrte. Ich blieb stehen und drehte mich um. Fiona kam auf mich zu, ich sah ihr an, dass sie sich Mühe gab, ruhig und gefasst zu bleiben. Aber sie wirkte wie jemand, der im nächsten Moment in Tränen ausbricht. Sie versuchte zu lächeln, aber es gelang ihr nicht. Sie war eindeutig verzweifelt. Hätte nicht ein Name in meinem Kopf verrückt gespielt, hätte mich das wahrscheinlich versöhnt. Der Name leuchtete wie eine Warnlampe, drehte sich vor meinen Augen und verdrängte jeden anderen Gedanken. Ich musste den Namen unbedingt aussprechen, sonst zerplatzte ich.
»Wer ist Ronan?«, fragte ich atemlos und verschluckte mich.
Fiona erstarrte etwa drei Schritt vor mir. Das Blut wich ihr auf einen Schlag aus dem Gesicht, sie schlang beide Arme um ihren Oberkörper. Sah sie nicht aus, als hätte ich sie bei etwas Schrecklichem ertappt?
»Wer ist Ronan?«, wiederholte ich.

»Unwichtig.«
»Dann kannst du mir ja sagen, wer er ist.«
»Will ich aber nicht. Weil es keine Rolle spielt. Glaub mir.«
»Er war dein Freund. Richtig?«
Sie ließ die Arme fallen und fing an, nervös an ihren Haaren herumzuzupfen. Mir war gar nicht aufgefallen, dass sie meine Mütze ausgezogen hatte. Schließlich nickte sie.
»Gut«, sagte ich, »kein Problem. In Ordnung.«
»He, he«, sagte Fiona beschwörend, »das ist lange her.«
»Lange her oder vorbei?«
»Blödmann«, sagte sie, »so vorbei wie deine Sache mit Katja.«
»Wie war er?«
»Hör auf damit! Ich frag dich auch nicht, wie Katja war.«
»Aber ich frag *dich*. Wie war er? Jetzt sag schon.«
»Ein Idiot«, murmelte sie, »Ronan war ein Idiot.«
»Du warst mit einem Idioten zusammen? Quatsch!«
»Er hat mich von vorne bis hinten belogen. Er ist ein Schwein.«
Fiona hatte keine Lust mehr, über ihren Exfreund zu reden. Dabei brannte ich darauf, noch ein paar seiner miesen Charakterzüge zu erfahren. Ich wollte hören, dass er die reinste Katastrophe gewesen war, ein Versager. Dann hätte ich mir eine Liste seiner Schwä-

chen anlegen können. Eine Liste, die ich durchgehen konnte, sobald mir Ronan einfiel und ich eifersüchtig wurde.

»Schlamm drüber«, sagte ich.

»Genau«, sagte sie und zog sich meine Mütze über den Kopf.

»Die hast du übrigens mir geschenkt«, sagte ich.

»Ich weiß. Aber ich hab kalte Ohren.«

»Das hab ich auch«, log ich.

Sie kam mir entgegen, hielt meine Hände fest und gab mir einen langen Zungenkuss. Ihre Lippen waren kalt, aber weich, ihre Haare kratzten über mein Gesicht. Wir hatten uns noch nie so intensiv geküsst. Wenn ich aufhören wollte, saugte sie sich richtiggehend an mir fest. Aber schließlich lösten wir uns voneinander; wir bekamen einfach keine Luft mehr. Ich hatte schon einige Mädchen geküsst. Aber Fionas Lippen passten auf meine Lippen, wie bis jetzt keine gepasst hatten. Absolut perfekt. Unsere Münder waren füreinander gemacht. Wie viele Mädchen es auf dieser Welt wohl gab, deren Lippen perfekt zu meinen passten? Der Schnitt auf ihrer Wange war jetzt verschorft, aber sie hatte ihn trotzdem mit Make-up abgedeckt.

»Und jetzt frag ich den Scheißkerl, für welchen Wagen der Schlüssel ist«, sagte Fiona mit hartem Blick.

»Soll ich mitkommen?«

»Lass nur. Bin gleich zurück. Du kannst Keane in der

Zwischenzeit eine Geschichte erzählen. Das mag er nämlich.«

Sie nahm die Wollmütze ab und zog sie mir über die Ohren. Dann stemmte sie das Garagentor auf. Bevor sie es wieder zuschob, hob sie den Kopf. Aber ihr kalter Blick streifte über mich hinweg und verlor sich irgendwo. Fiona wirkte entschlossen und gleichzeitig abwesend.

Die Scheiben des Treibhauses waren beinahe blind. Die Eingangstür ließ sich nicht aufstoßen, weil sie durch Dachziegel, Töpfe und Gartenwerkzeuge blockiert war. Die Beete im Innern waren entweder leer oder mit Unkraut völlig zugewachsen. Ich setzte mich neben Keane, der mich misstrauisch ansah und dann ein Stück von mir wegrückte. Er hechelte. Der Himmel hatte die Farbe von Spülwasser.

Keine Minute später flog die Tür des Cottage auf, und die Zwillinge kamen nach draußen gestürmt. Dana hatte beide Arme ausgebreitet und ahmte die Geräusche eines Flugzeuges nach. Sie lief über den Platz und wippte dabei mit den Flügeln. Dara blieb vor der Haustür stehen und formte mit den Händen einen Trichter vor ihrem Mund.

»Telefon!«, schrie sie. »Der Flughafen.«

Ich folgte ihr ins Haus. Offenbar hatte sich Dana von einem Flugzeug in einen Vogel verwandelt. Sie krächzte erbärmlich und bewegte ihren Kopf ruckartig auf und ab.

Der Hörer war warm. Die gerahmte Fotografie von Fiona und ihren Geschwistern über dem Telefon war verschwunden, der Umriss hob sich deutlich von der hässlichen Tapete ab. Der Flughafenangestellte war freundlich, obwohl er mich überhaupt nicht zu Wort kommen ließ. Mein Seesack hatte es noch nicht bis nach Sligo geschafft. Der Mann gab zu, dass niemand wusste, wo er sich genau befand. Die Sache war ihm ein Rätsel. Trotzdem versprach er mir im nächsten Satz, dass mein Gepäck garantiert demnächst bei mir sei.

»Was heißt demnächst?«, fragte ich.

»Garantiert!«, wiederholte er und legte auf.

»Weißt du, wie viele Gepäckstücke im Flughafen Dublin jedes Jahr verschwinden?«, fragte Dara, die hinter mir im Flur stand. »Durchschnittlich, mein ich?«

»Keinen Schimmer«, sagte ich und ging aus dem Haus, ohne die kleine Nervensäge eines Blickes zu würdigen.

Ich setzte mich wieder in die Nähe von Keane und versuchte mich zu erinnern, was ich alles in meinen Seesack gepackt hatte. Aber das verbesserte meine Laune nicht unbedingt. Im Gegenteil. Jetzt vermisste ich meine Sweatshirts, das zweite Paar Jeans und mein Holzfällerhemd erst recht. Ganz zu schweigen vom Diskman, von den CDs und den tabakbraunen Lederhandschuhen, die mir meine Eltern zu Weihnachten geschenkt hatten. Jan hat zwar behauptet, dass sie ihn ir-

gendwie an den Marlboro-Mann erinnern, aber mir gefielen sie trotzdem.
In Tonys Garage lief jetzt keine Musik mehr. Dana hatte mich eine Weile prüfend gemustert, dann war sie im Cottage verschwunden. Keane erhob sich ächzend, um sich an einer anderen Stelle wieder hinzulegen. Was trieb Fiona bloß so lange bei Tony? Ich war müde. Keane gähnte bestätigend. Mir fiel ein, dass ich meinen Eltern versprochen hatte, sie anzurufen, sobald ich bei Fiona angekommen war. Ich hatte es ganz einfach vergessen. Bestimmt machten sie sich Sorgen. Aber ehrlich gesagt war mir das völlig egal. Der Gedanke gefiel mir sogar: Sie saßen sich am Küchentisch gegenüber, müde, weil sie die ganze Nacht auf den Anruf gewartet hatten, tranken Unmengen Kaffee und malten sich die schrecklichen Dinge aus, die ihrem verbliebenen Sohn zugestoßen waren. Das hatten sie davon. Hätten sie besser auf Alex aufgepasst, dann ... Tonys Lachen riss mich aus dem Unsinn, den ich mir da zusammenreimte. Das Lachen war laut und hinterhältig und hörte überhaupt nicht mehr auf. Dann begann Fiona Tony anzubrüllen. Was sie schrie, konnte ich nicht verstehen. Ihre Stimme überschlug sich und war bald nur noch ein Kreischen, das Tonys Hohngelächter weiter anstachelte. Ich sprang auf die Beine und lief auf die Garage zu. Ein schwerer Gegenstand knallte gegen das Tor, das fast im selben Augenblick aufgerissen wurde.

Fiona lief mir direkt in die Arme. Sie zitterte am ganzen Körper. Als Tony mich sah, blieb er stehen. Er hatte eine Büchse Bier in der Hand und grinste.

»Was ist hier los?«, fragte ich.

»Das geht dich nichts an. Vergiss es, Junge.«

Tony starrte mich verächtlich an. Er nahm einen langen Schluck aus der Büchse, zerknüllte sie in seiner Faust und warf sie über seine Schulter in die Garage.

»Lass uns abhauen«, sagte Fiona und machte sich von mir los.

»Zieh Leine, genau«, rief Tony und verschwand in der Garage. Er hatte einen großen Schweißfleck auf dem Rücken seines Unterhemdes.

SIEBEN

Der Opel Ascona war eine Rostlaube, die bei jeder Bodenwelle fast auseinander brach. Meine Tür ließ sich nicht richtig schließen, und ich musste sie am Griff festhalten, sonst hätten wir sie wahrscheinlich verloren. Fiona fuhr schnell. Sie hatte noch kein Wort zu mir gesagt. Aber wenn sie schaltete, griff sie jedes Mal nach meiner Hand und drückte sie kurz.

Auf dem Rücksitz lag eine Holzkiste, die mit Werkzeug und irgendwelchen Autobestandteilen voll gestopft war. Nach ein paar Meilen fuhren wir auf einer Steinbrücke über einen Fluss, an dessen Ufer ein Angler saß. Kurz darauf kamen wir an eine Kreuzung. Fiona hielt an und zögerte einen Moment. Dann bog sie nach links. Jetzt, da wir auf der Hauptstraße waren, fuhr sie viel langsamer.

»Tut mir Leid«, sagte sie und warf mir einen flüchtigen Blick zu.

»Was war denn überhaupt los?«

»Vergiss es.«

»Das hat er auch gesagt.«

Sie rammte eine Kassette in das Gerät im Armaturenbrett.

»Ich will jetzt nicht darüber reden, ja?«

»Na toll«, sagte ich, »dann kann ich ja gleich abhauen.«

»Bitte«, sagte sie leise, »ich erzähl es dir später. Nicht jetzt, ja?«

Sie schlug mit der Faust gegen das Kassettengerät, und für ein paar Sekunden war tatsächlich Musik zu hören. Hardrock. Fiona riss die Kassette heraus, kurbelte das Fenster einen Spalt nach unten und warf sie auf die Straße.

»Scheiß-Hardrock«, sagte sie.

»Scheiß-Tony«, fügte ich hinzu.

»Ich könnte ihn umbringen«, sagte sie nach einer Pause.

Es war nicht dieser Satz, der mich erschreckte, sondern dass sie es offensichtlich ernst meinte. Wir fuhren an einem Restaurant vorbei und hielten vor einem kleinen Supermarkt.

»Ich würde am liebsten abhauen«, sagte Fiona.
»Und worauf wartest du?«, fragte ich ohne nachzudenken.
Fiona nahm die Hände vom Steuerrad und sah mich an. Den Motor hatte sie gar nicht erst ausgeschaltet.
»Wie viel Geld hast du dabei?«, fragte sie.
»Genau hundert Pfund. Und fünfzig Schweizer Franken.«
»Ich hab die dreißig Pfund fürs Einkaufen. Und natürlich das, was auf meinem Konto ist.«
»Und deine Mutter?«, fragte ich.
»Und deine?«, gab sie zurück.
»Die wird sich Sorgen machen«, sagte ich lachend.
»Genau wie meine.«
»Und wohin willst du?«, fragte ich.
»Weg. Einfach nur weg von hier.«
»Das ist aber kein Ziel«, sagte ich wie der letzte Streber.
»Und ob das ein Ziel ist«, schrie Fiona ausgelassen und fuhr los.

Drei Wochen vor seinem zehnten Geburtstag ist Alex von zu Hause weggelaufen. Weil seine Schulnoten immer schlechter wurden, verbot unser Vater ihm das Training im Schwimmklub. Auch seine Anmeldung für den Tauchkurs musste Alex zurückziehen. Vater hat von ihm verlangt, dass er den Trainer selbst anrief und absagte. »Sind eigentlich alle Eltern so?«, hat Alex mich

gefragt. – »Wie?« – »Dass sie einfach nicht kapieren, was uns wirklich wichtig ist und was uns egal ist?« Als Alex eine weitere Matheprüfung in den Sand setzte, eröffnete ihm Vater, dass wir nun doch nicht wie versprochen ans Meer in die Ferien fuhren, sondern in die Berge. So wie all die Jahre zuvor. Alex hat die Berge gehasst. Für ihn gab es nichts Schlimmeres als Wanderferien. Er wollte endlich ans Meer. Mit seinen neuen Flossen, mit Taucherbrille und Schnorchel. Jetzt sollten schlechte Mathenoten seinen Traum zerstören? Er hat die Welt nicht mehr verstanden.
In der gleichen Nacht ist Alex verschwunden. Es ist mir bis heute ein Rätsel, wie er es geschafft hat, unbemerkt aus unserem Zimmer und der Wohnung zu kommen. Ich hab erst am anderen Morgen bemerkt, dass er weg war. Wenn ich ehrlich bin, habe ich mir damals nicht wirklich Sorgen um meinen kleinen Bruder gemacht. Ich war nämlich vor allem enttäuscht, dass er mich nicht eingeweiht hatte und ohne mich getürmt war. Als unsere Mutter begriff, dass Alex weg war, ist sie durchgedreht. Sie lief hysterisch durch die Wohnung und wusste weder ein noch aus. Sie war überzeugt davon, dass ich mit meinem Bruder unter einer Decke steckte. Dass ich ganz genau wusste, wo er war. Wusste ich aber nicht. Schließlich beruhigte sie sich und rief Vater im Büro an. Er ist sofort nach Hause gekommen. An jenem Morgen musste ich nicht zur Schule. Vater hat

nach mehr als vier Jahren wieder angefangen zu rauchen. Ich musste ihm am Kiosk an der Ecke eine Schachtel Zigaretten holen. Er durchsuchte Alex' Sachen nach irgendeinem Hinweis und stellte unser Zimmer völlig auf den Kopf. Ich war stolz darauf, dass mir meine Eltern zutrauten, dass ich ihnen verheimlichte, wo mein Bruder war.

Alex hat damals fast nichts mitgenommen. Nur die Sporttasche für die Badeferien am Meer, die schon seit Wochen fertig gepackt unter seinem Bett stand. Und sein Taschengeld, das er in einer großen, geschlossenen Muschel aufbewahrte. Es dauerte eine Weile, bis uns auffiel, dass die Muschel weg war. Wir haben ihre Scherben im Abfalleimer gefunden. In diesem Moment fiel die Wut meiner Eltern in sich zusammen wie der Fallschirm eines gelandeten Deltaseglers. Eben hatten sie noch herumgebrüllt, jetzt saßen sie stumm nebeneinander am Küchentisch und beugten sich über die Scherben wie über Knochenteile. Es war das erste Mal, dass ich meinen Vater weinen sah. Alex blieb achtundvierzig Stunden verschwunden.

Die Polizei hat ihn in Chiasso aufgegriffen. Er saß ohne Ausweis in einem Zug nach Italien. Natürlich war er auf dem Weg ans Meer. Ich habe damals darauf bestanden, meine Eltern zu begleiten, als sie ihn am Bahnhof in Zürich in Empfang nahmen. Ich war sein Begleitschutz, sein großer Bruder. Ich werde niemals vergessen, wie Alex aus dem Zug stieg und auf dem Bahnsteig stand. Klein, schmal, müde. Und gleichzeitig so eigenständig und einzigartig. Er war voller Energie und unbändigem Willen. Wie ein Wesen von einem anderen Planeten, das mit unserer Familie nichts zu tun hatte. Auch mit mir nicht.

Sechzehn Monate später war mein kleiner Bruder tot.
In Sligo ließen wir den Opel stehen. Fiona war der Meinung, dass es sicherer sei, nicht mit Tonys Auto weiterzufahren. Wir stellten ihn auf einem Parkplatz in der Nähe der Innenstadt ab. Erst wollte sie den Schlüssel stecken lassen, weil der Opel dann vielleicht gestohlen würde, aber dann zog sie ihn doch ab. Als wir ausstiegen, wurde mir bewusst, was wir taten. Es nieselte. Zwischen den Häusern stand Nebel und es dämmerte rasch. Ich kam mir vor wie ein Waisenkind. Verloren. Aufgeschmissen. Es war kalt. Fiona zog den Kopf zwischen die Schultern und lachte.
»Regen macht schön!«, rief sie. »Komm schon, Pat!«
Sie schlängelte sich zwischen den geparkten Autos hindurch, ohne sich nach mir umzusehen. Sie wusste genau, dass ich ihr folgte. Bis jetzt hatte ich nicht darüber nachgedacht, was uns erwartete. Ich hatte mich von Fionas Begeisterung anstecken lassen. Die Lichter, die in verschiedenen Häusern brannten, gaben mir den Rest. Dort war es warm. Warm und gemütlich. Es roch

nach Essen und frisch gewaschener Wäsche. Die Leute in diesen Häusern unterhielten sich miteinander. Sie lachten, sie erzählten sich, was sie tagsüber erlebt hatten. Die Väter raschelten mit Sportzeitungen, während die Mütter ihren Söhnen heimlich etwas Taschengeld zusteckten. Bevor sie sich in die Küche setzten um zu essen, sahen sie sich gemeinsam irgendeine Fernsehserie an. Schlagartig wurde mir klar, dass wir dabei waren, einen Fehler zu machen. Ich blieb stehen.

»Wollen wir uns das Ganze nicht doch noch mal überlegen?«, sagte ich kleinlaut.

Fiona blieb nicht einmal stehen. Sie breitete sogar die Arme aus und bewegte sie wellenförmig auf und nieder. Als höre sie eine Musik, für die ich taub war. Die Lampen schaukelten im Wind, und ihr Licht tanzte über den Asphalt.

»Bleib stehen«, rief ich, »lass uns umdrehen.«

Fiona ließ die Arme fallen. Sie drehte sich zwar um, kam aber nicht auf mich zu.

»Kannst du das noch mal sagen?«

»Ich mein ja nur. Vielleicht ist es besser, wenn wir …«

»Also, ich geh nicht zurück«, unterbrach sie mich.

»Mach keinen Mist, Fiona!«

»Ich hau ab!«, rief sie. »Aber du kannst ja zurück zu Mami und Papi, wenn du willst.«

Fiona ging weiter, ohne sich um mich zu kümmern. Mir blieb gar nichts anderes übrig, als ihr nachzugehen.

Nach ein paar hundert Metern kamen wir an einen Fluss, der mitten durch die Stadt floss. Nebelschwaden schwebten über dem Wasser. Auf der Straße, die am Ufer entlangführte, staute sich der Feierabendverkehr. Fiona wusste natürlich genau, dass ich ihr nachging. Sie sah sich nicht wirklich nach mir um. Aber manchmal drehte sie leicht den Kopf. Wahrscheinlich, um aus den Augenwinkeln zu prüfen, ob ich ihr tatsächlich folgte. Kurz vor der Brücke, die ins Stadtzentrum führte, blieb sie plötzlich stehen und stützte beide Ellbogen auf die Flussmauer. Ich stellte mich neben sie. Wir starrten mindestens drei Minuten schweigend auf das schäumende, schmutzige Wasser.

»Ich kann nicht zurück«, sagte sie schließlich ohne mich anzusehen.

»Und warum nicht?«

»Ich kann einfach nicht. Und ich will, dass du bei mir bist.«

»Bin ich ja«, sagte ich.

»Und bei mir bleibst.«

»Solange du nicht auf den Mond willst.«

»Blödmann.«

Sie drängte sich mit gesenktem Kopf an mich, und ich legte die Arme um sie. Ihre Haare rochen nach Maschinenöl. Ich schob die rote Mähne beiseite und küsste Fiona auf den Nacken. Ihre Haut war kalt. Als ich sie noch einmal mit den Lippen berührte, bekam

Fiona Gänsehaut. Sie kicherte, steckte die Hand in ihre Hosentasche und legte Tonys Autoschlüssel auf die Mauer.
»Du weißt ja, was wir damit machen«, sagte sie und wies mit dem Kinn auf den Fluss hinaus.
»Ich kann bestimmt weiter werfen als du«, behauptete ich.
»Bestimmt. Zu weit ist allerdings gar nicht gut.«
»Logisch«, sagte ich, packte den Schlüssel und warf ihn ziemlich genau in die Mitte des Flusses.
»Und jetzt lad ich dich zum Essen ein«, sagte ich.
»Wir müssen sparsam sein.«
»Aber nicht am ersten Abend.«
»Aber nicht am ersten Abend«, wiederholte sie.

Wir saßen in der hintersten Ecke des »Bianconi«, direkt neben den Toilettentüren. Ich bestellte eine Flasche Wein, aber die Kellnerin, die höchstens zwei Jahre älter war als wir, wollte uns keinen Alkohol servieren. Es nützte auch nichts, dass Fiona ihr eine Lügengeschichte auftischte und erzählte, ich sei extra aus der Schweiz nach Sligo gereist, um mit ihr meinen siebzehnten Geburtstag zu feiern.
»Ich darf nicht«, sagte die Kellnerin und verschwand achselzuckend in der Küche.
»Du kannst ja sogar lügen, ohne rot zu werden«, sagte ich.

»Eine Notlüge ist keine richtige Lüge.«
»Ob sie uns wohl schon suchen?«, fragte ich.
»Mutter ist noch nicht von der Arbeit zurück.«
»Und Tony?«
»Vergiss es.«
In diesem Moment kamen unsere Pizzas. Ich sah nicht sofort, warum die Kellnerin uns verschwörerisch zublinzelte. Dann stellte sie zwei Gläser Weißwein neben unsere Teller.
»Aber kein Wort zu meinem Chef, sonst bin ich geliefert«, sagte sie, »alles Gute zum Geburtstag.«
»Sie sind die Größte«, sagte Fiona, »danke.«
»Dann hab ich jetzt also am 30. Dezember Geburtstag«, sagte ich, als die Kellnerin wieder weg war.
Wir stießen an. Manchmal gibt es Augenblicke, die perfekt sind. Augenblicke, in denen alles zusammenpasst. Wie Zahnräder, die ineinander greifen und mit einem Ruck eine wunderschöne Maschine in Bewegung setzen. Jetzt war ein solcher Augenblick. Wir hielten die Gläser in die Höhe, als sei die Zeit stehen geblieben, und sahen uns an. Es roch nach Balsamico, Basilikum und Pfeffer. Das Licht der Kerze schaukelte auf dem Wein wie eine Boje. Und im Radio lief tatsächlich genau das Stück der CRANBERRIES, zu dem wir am 24. August zum ersten Mal miteinander getanzt hatten. »*When You're Gone*«. Es war nicht nötig, dass wir uns berührten, dass wir etwas sagten. Ich hob die Arme ein

paar Zentimeter in die Höhe, und für den Bruchteil einer Sekunde hatte ich das irritierende Gefühl, es seien Flügel. Vogelschwingen. Wir stellten gleichzeitig die Gläser auf den Tisch und der Song war zu Ende. Als sei alles abgesprochen und einstudiert.

Die Pizza war ziemlich groß und ziemlich schlecht. Am Nebentisch fiel einem Mann ein Stück Brot aus dem Mund. Seine Frau zischte böse und sah weg. Die Pilze auf der Pizza waren verkohlt, der Teig war klebrig und viel zu dick.

»Erinnerst du dich an deine erste Pizza?«, fragte Fiona.

»Logisch.«

Und dann erzählte ich ihr von Enzo Roncoroni. In der dritten Klasse war er der einzige Italiener bei uns gewesen. Wir hatten den gleichen Schulweg, saßen nebeneinander und wurden Freunde. Enzo war unglaublich dünn und lang. Da er gebückt ging, sah er aus wie ein abgebranntes Streichholz. Er wohnte mit seiner Schwester Gabriella, seinen Eltern und seinen Großeltern in einer Wohnung im Nachbarblock. Und in der winzigen Küche von Mamma und Nonna Roncoroni aß ich die erste Pizza meines Lebens. Ich war damals acht. Die Pizza war so groß, dass sie fast den ganzen Tisch im Wohnzimmer bedeckte, an dem wir alle saßen. Enzos Großvater zerschnitt die Pizza, seine Großmutter verteilte die Stücke.

»Eine solche Pizza hab ich nie mehr gegessen«, sagte

ich, »sie war perfekt. Enzo und ich durften sogar ein Glas Rotwein trinken. Enzos Nonno hat behauptet, das sei gesund.«

Dass ich mich in Enzos Schwester Gabriella verliebt hatte, erzählte ich Fiona nicht. Sonst hätte ich ihr auch von den peinlichen Liebesbriefen erzählen müssen, die ich Gabriella schrieb und die Enzo für mich überbringen musste. Später gestand er mir, dass er die Briefe weggeschmissen hatte. Dass ich Enzos Großvater am selben Abend im Wohnzimmer überraschte, verschwieg ich Fiona nicht. Der alte Mann hatte sich mit beiden Händen am Fenstersims festgehalten, war mehrmals hintereinander in die Knie gegangen und hatte dabei laut gefurzt. Ich erzählte Fiona auch, dass ich damals ziemlich betrunken gewesen war und dass mir das schreckliche Angst eingejagt hatte.

»Plötzlich hat sich alles gedreht. Auf dem Nachhauseweg hab ich in ein Blumenbeet gekotzt.«

»Die beste Pizza deines Lebens?«

»Die beste Pizza meines bisherigen Lebens. Genau.«

»Was ist mit Enzo passiert?«, fragte Fiona.

»Er ist wieder nach Italien gezogen. – Und was ist mit deiner ersten Pizza?«

»Pizza Napoli. Tiefgefroren aus dem ›Supervalue‹. Sie war hart wie ein Stein und völlig verkohlt.«

Ich war so hungrig, dass ich auch noch den Rest von Fionas Pizza aß. Sie war dagegen, Nachspeisen zu bestellen, weil wir nicht zu viel Geld ausgeben durften. Wir blieben so lange sitzen, bis uns die Kellnerin die Rechnung brachte. Ich war plötzlich völlig erschöpft und hatte überhaupt keine Lust, das »Bianconi« zu verlassen. Es war kurz nach acht. Das Essen kostete siebzehn Pfund und sechzig Pence. Ich legte eine Zwanzig-Pfund-Note in den Teller und stand auf.

»Das ist zu viel Trinkgeld«, sagte Fiona und drückte mir den Geldschein wieder in die Hand.

»Find ich nicht.«

Ich legte das Geld zurück. Fiona machte den strengen Mund, den ich von meiner Mutter kenne und nicht ausstehen kann. Ihre Lippen waren dünn wie ein Strich. Jetzt genügte ein falsches Wort und wir hatten Streit.

»Ich hab immerhin Geburtstag«, sagte ich schließlich.

Fiona kniff für einen Moment die Augen zu, als wolle sie damit die Wut vertreiben. Dann sah sie mich grinsend an.

»Da hast du auch wieder Recht«, sagte sie.

Wir gingen am Pizzaofen vorbei, dessen Gluthitze sich auf unsere Gesichter legte wie ein heißes Tuch. Fiona machte die Tür auf und die kalte Luft und die Dunkelheit trafen mich wie ein Schlag. Was ich die letzten zwei Stunden verdrängt hatte, war plötzlich wieder eine Tatsache: Wir waren abgehauen. Es gab keinen Ort, wohin wir gehen konnten. Niemand erwartete uns. Nein, das war Blödsinn: Fionas Mutter und ihre Geschwister erwarteten uns garantiert. Und wahrscheinlich sogar Tony, die Arschgeige.

Sligos Hauptstraße war menschenleer. Der Wind wehte Abfall über den Asphalt. Wir gingen an einem »Body-Shop« vorbei, und es roch nach Apfelshampoo, dabei waren die Türen des Geschäftes schon seit Stunden geschlossen. In den Pubs, an denen wir vorbeikamen, drängten sich die Gäste. Wir hörten Musik und Gelächter. Am Fluss unten war es noch kälter. Ich fühlte mich beschissen. Fiona ging schnell, als hätten wir eine Verabredung, die wir einhalten müssten. Ich merkte ihr an, dass es ihr nicht besonders gut ging. Sie strich sich immer wieder die Haare aus dem Gesicht und fluchte über den Nieselregen. Wir überquerten den Fluss auf einer Fußgängerbrücke. Auf der anderen Seite drängten sich ein paar Penner um ein Feuer, das am Rand eines Parkplatzes brannte. Fiona zog mich in eine Gasse und blieb unter einem Vordach stehen.

»Du hast das Essen bezahlt«, stellte sie fest, als wüsste ich das nicht.

»Ja«, sagte ich lapidar.

»Gut. Du das Essen und den Wein, ich das Bett. Jetzt suchen wir uns nämlich ein B & B mit einem Fernseher im Zimmer und einem richtigen Bad.«

Zwanzig Minuten vor Mitternacht hatten wir immer noch kein Bett. Die meisten Besitzer der B&Bs waren freundlich gewesen. Aber ein Zimmer wollten sie uns trotzdem nicht geben. Sie durften nicht. Wir waren einfach zu jung. Nur der junge Mann an der Rezeption im »Tower Hotel«, wo wir es zuletzt versucht hatten, war unhöflich gewesen. Er hatte anzüglich gegrinst und mit der Polizei gedroht. Wir waren sofort verschwunden.
Wir hockten auf einem Gepäckwagen vor dem geschlossenen Bahnhof und schwiegen uns an. Wir brauchten nicht darüber zu reden, dass wir genug hatten. Fiona schlotterte vor Kälte, aber ich hatte keine Lust, ihr meine Jacke anzubieten. Schließlich gab ich ihr wenigstens die Wollmütze. Sie zog sie sich so tief ins Gesicht, dass ich kaum mehr ihre Augen sehen konnte.
»Und jetzt?«, fragte ich nach einer Ewigkeit.
Fiona gab keine Antwort. Der Wind war schneidend kalt. Ein paar Männer traten aus einem Pub auf der anderen Straßenseite. Sie verabschiedeten sich mit lauten Stimmen voneinander und gingen in verschiedene Richtungen davon. Sie gehen nach Hause, dachte ich. In warme Häuser. Dort setzen sie sich in geheizten Wohnzimmern vor Fernseher. Sie putzen sich die Zähne. Öffnen Kühlschränke und essen die Reste von Hackbraten oder Aufläufen. Sie nehmen heiße Du-

schen. Rauchen eine letzte Zigarette am offenen Fenster, bis sie frösteln und sich hinlegen. In ihre warmen Betten. Unter ihre dicken Decken. Die nach Weichspüler riechen.
»Und jetzt?«, wiederholte ich.
»So hast du es dir bestimmt nicht vorgestellt«, sagte Fiona kleinlaut.
Was sollte ich darauf antworten? Ich ließ etwas Zeit verstreichen, bevor ich sie in den Arm nahm. Dann fiel mir die Visitenkarte ein, die in meinem Portemonnaie steckte.

ACHT

Das Auto hielt ein Stück vor dem Gepäckkarren an und die Scheinwerfer wurden kurz aufgeblendet. Auf der Fahrerseite öffnete sich das Fenster und Sweeneys Kopf erschien.

»Patrick? Bist du das?«, brüllte er.

»Ja«, schrie ich zurück.

Sweeney machte den Motor aus und kämpfte sich ächzend aus dem Sitz. Er trug einen schwarzen Mantel, der fast den nassen Boden berührte.

»Na, worauf wartet ihr?«, rief er lachend.

Wir stiegen schweigend vom Gepäckkarren und gingen auf ihn zu. Nach ein paar Schritten nahm Fiona meine Hand. Die letzte halbe Stunde hatten wir kein Wort miteinander geredet. Ich hatte mir alle Mühe gegeben, an gar nichts zu denken und bloß die Zeit verstreichen zu lassen.

»Das ist sie also, deine Fiona«, sagte Sweeney.

»Tut mir Leid, dass ich so spät angerufen habe. Wir …«

»Kein Wort will ich hören. Das hat Zeit bis morgen.«

»Danke, dass Sie gekommen sind«, sagte ich.

»Ehrensache«, antwortete er und schlug mir auf die Schulter.

Er trug einen Pyjama unter dem Mantel. Seine Füße steckten in Pantoffeln, ausgelatschten Lederslippern. Er hatte keine Socken an und roch leicht nach Alkohol und Kaffee.

»Steigt schon ein, ihr beiden. Geh du nach hinten, Patrick. Und du komm zu mir nach vorn, Mädchen.«

Sweeney nahm seinen schwarzen Hut vom Beifahrersitz und setzte ihn auf. Die Rückbank war mit Zeitungen und leeren Hamburger-Schachteln übersät. Es stank nach Zwiebeln und angebranntem Fett. Sweeney musste den Wagen mehrmals zurücksetzen, bis er ihn endlich gewendet hatte. Er fuhr langsam und unsicher. Er lehnte sich so weit nach vorne, dass seine Nase beinahe die Frontscheibe berührte.

»Scheißbrille«, murmelte er.

Er hatte keine Brille auf. Fiona sah sich nach mir um. Offensichtlich machte sie sich keine Sorgen. Sie wirkte entspannt. Wenn Sweeney schaltete, krachte das Getriebe und er kicherte schadenfroh.

»Gehört meiner Schwester, die Kutsche. Darum stinkt's hier drin so. Sie kann die Finger einfach nicht von den Dingern lassen. Ich verfluche den Tag, an dem McDonald's nach Sligo kam.«

Alle paar hundert Meter geriet Sweeney so nahe an den Straßenrand, dass die Vorderräder über den Randstein holperten. Dann riss er das Steuerrad nach rechts und geriet für kurze Zeit weit über den Mittelstreifen. Zum Glück waren fast keine anderen Autos unterwegs. Wir fuhren aus der Stadt, vorbei an beleuchteten Tankstellen, dunklen Häusern und an zwei der vielen B&Bs, bei denen wir es versucht hatten. Schließlich bogen wir in die Autobahn ein. Auf der anderen Seite kamen uns zwei Autos entgegen. Sie waren noch sehr weit entfernt. Die Lichter kamen nur langsam näher, wurden nur unmerklich größer und größer und größer …

»Aufwachen, Pat. Wach auf!«

Beide Hintertüren standen offen, und Fiona und Sweeney beugten sich über mich. Fiona schüttelte mich an der Schulter. Der Wagen stand in einem finsteren Innenhof. In den Bäumen, die hinter den Mauern in den Nachthimmel wuchsen, rauschte der Wind.

»Willkommen in meinem Palast«, sagte Sweeney und

ging langsam auf ein mächtiges Haus zu. Das Gebäude stand im Schatten einer Kirche.
Sweeney öffnete die Tür, machte Licht und bedeutete uns mit einem Handzeichen, ihm zu folgen. Dann verschwand er im Haus. Die Tür ließ er offen. Fiona gab mir einen Kuss auf den Mund und zog mich aus dem Wagen. Aus einem der Fenster, das trotz der Kälte einen Spalt offen stand, drang leise Klaviermusik. Die Eingangshalle war bis auf ein Paar schwarze Herrenschuhe und einen Seemannskoffer leer. An der Wand hing ein Ölgemälde, das so düster war, dass ich nicht erkennen konnte, was es darstellte. Wir gingen schnell durch den dunklen Flur auf das Licht zu, das an seinem Ende durch den Spalt einer angelehnten Tür fiel.
»Nun aber rein in die gute Stube!«, rief Sweeney.
Das Zimmer war ungefähr so groß wie die Wohnung meiner Eltern. Sweeney saß in einem Ohrensessel vor dem offenen Kamin, in dem ein Feuer brannte. Die Wände waren über und über mit Büchern bedeckt. Sweeney hatte ein Glas Rotwein in der Hand. Die Flasche stand vor ihm auf dem Parkettboden.
»Hunger?«, fragte er.
Fiona schüttelte den Kopf. Sweeney deutete auf das Ledersofa, das auf der anderen Seite des Kamins stand. Wir setzten uns. Auf einem der Bücherregale stand ein altes Spulentonband, das die Klaviermusik abspielte. Sweeney stocherte mit einem Schürhaken im Feuer.

»Hunger habt ihr also keinen. Aber wie sieht's mit Durst aus?«

»Eigentlich sind wir nur müde«, sagte ich.

»Das bin ich schon seit sechsunddreißig Jahren«, sagte Sweeney.

»Dann sollten Sie sich vielleicht – hinlegen?«, erwiderte Fiona.

»Das bringt auch nichts. Weil ich nämlich nicht schlafen kann.« Er machte eine bedeutungsvolle Pause und trank von dem Wein. »Seit ich in Afrika war«, fügte er hinzu.

»Sie waren in Afrika?«, fragte ich, obwohl es mich überhaupt nicht interessierte.

»Worauf du dich verlassen kannst.«

Sweeney nahm die Flasche und schenkte sich Wein nach. Er wollte, dass wir ihm die Würmer aus der Nase zogen. Bitte schön. Immerhin übernachteten wir in seinem Haus.

»Und wo in Afrika?«, fragte ich pflichtbewusst.

»Ghana. Westafrika. Liegt am Golf von Guinea.«

»Und wann waren Sie dort?«, fragte Fiona.

»Vor sechsunddreißig Jahren, wenn ihr's genau wissen wollt.«

»Und seither können Sie nicht mehr schlafen?«, fragte sie ungläubig.

»Mehr oder weniger. Weil ich seither nämlich irgendeinen Käfer im Blut habe. Darum.«

»Was für einen Käfer?«, fragte ich.
»Irgendeinen eben! Eine Bazille! Ist jedenfalls so klein, dass sie kein Arzt finden kann.«
In diesem Moment war das Band zu Ende. Sweeney stand ächzend auf und taperte mit seinem Stock zu dem Tonband hinüber. Es dauerte eine Ewigkeit, bis er die Spule aus dem Gerät genommen und in eine Schublade gelegt hatte.
»Etwas gegen Popmusik?«, fragte er über die Schulter und bekam einen Hustenanfall.
Wir schüttelten die Köpfe. Sweeney nickte. Er öffnete eine andere Schublade und fing an, darin herumzuwühlen. Fiona legte mir die Hand auf den Arm und zeigte verstohlen auf die Wand hinter unserem Rücken: Dort hing ein gewaltiger Tierschädel mit riesigen Hörnern. Ich hatte keine Ahnung, was es war. Auf der einen Seite des Schädels waren zwei gekreuzte Schwerter angebracht, auf der anderen ein Gewehr mit langem Lauf.
»So«, machte Sweeney und zog eine Spule aus der Schublade.
Obwohl er es bestimmt schon tausendmal gemacht hatte, gelang es Sweeney nun kaum, das Band einzufädeln. Es war grotesk. Wir saßen auf dem Sofa und taten so, als würden wir ihm gar nicht zusehen. Er sah aus wie ein Zauberer, der einen Trick vorführt, der einfach nicht klappen will.

»So«, sagte er noch einmal.

Er drückte auf die Starttaste und sah uns erwartungsvoll an. ELTON JOHN. Es war nicht zu fassen. Er humpelte stolz zum Kamin zurück, ließ sich stöhnend in seinen Sessel fallen und nahm einen Schluck Wein. Wir hörten schweigend zu. Das Feuer war jetzt fast heruntergebrannt. Es wurde langsam kühl. Das zweite Stück auf dem Band war von den DIRE STRAITS. Ich wäre gerne im Sofa versunken. Fiona ging es genauso. Sie machte sich so klein wie möglich und starrte zu Boden. Hielt sie auch den Atem an? Als ich es endlich wagte, den Kopf zu heben, sah ich, dass Sweeney eingeschlafen war. Ich stieß Fiona sanft den Ellbogen in die Seite.

»Ich weiß. Er schläft«, sagte sie und begann zu lachen.

Sweeneys Mund stand offen. Wenn er einatmete, rasselte es leise in seiner Kehle. Wenn er ausatmete, flatterten seine dicken Wangen, als sitze er in einem Windkanal.

»Und jetzt?«, flüsterte ich.

»Jetzt wecken wir ihn auf«, sagte Fiona.

Sie stampfte mit ihren Stiefeln auf den Parkettboden und Sweeney fuhr aus dem Schlaf. Er schnappte nach Luft, setzte sich gerade hin und räusperte sich.

»Weil Ojo der erste Schwarze in Sligo war«, sagte er mit fester Stimme, als beantworte er eine Frage von uns.

»Ojo?«, fragte ich vorsichtig.

»Gabriel Ojo. Ich hab ihn aus Ghana zu den Sligo Rovers gebracht.«
»Sligo Rovers?«
»Das Fußballteam von Sligo«, erklärte Fiona.
»Das war 1965. Ojo war der erste schwarze Spieler in der obersten irischen Liga. Er war ein Talent. Das könnt ihr schriftlich von mir haben.«
»Und Sie haben ihn mitgebracht?«, fragte Fiona.
»Und ich habe ihn nach Sligo gebracht. Genau. Er war ein Genie. Das war er. Gabriel Ojo.«
Jetzt lief ein Song von ABBA. Ich kann ABBA nicht ausstehen.
»Wir sind müde«, sagte ich.
Sweeney sah mich amüsiert an und kämpfte sich aus seinem Sessel. Fiona gähnte mit offenem Mund.
»Das hab ich mir gedacht«, sagte Sweeney. »Die junge Dame schläft im Gästezimmer in der ersten Etage. Und dir machen wir hier auf dem Sofa ein gemütliches Bett zurecht. Decken und Kissen findet ihr in dem Zimmer dort drüben.«
Er zeigte mit seinem Stock auf eine Tür, die von Buchregalen so gut wie eingemauert war.
»Liegt alles im Schrank«, rief er uns hinterher.
In dem Zimmer war es eiskalt. Offenbar handelte es sich um sein Arbeitszimmer. Auch hier waren alle Wände bis unter die Decke mit Buchregalen zugestellt. Auf dem langen Tisch stapelten sich Papierhaufen und

Zeitschriften. An der Wand hing ein Kruzifix. Es leuchtete im Licht, das aus dem Wohnzimmer fiel. Als stehe es unter Strom. Wir öffneten den Schrank und beugten uns gleichzeitig hinein.

»Du hast mir deinen Lebensretter noch nicht verraten«, sagte Fiona.

Auf der Suche nach dem Bettzeug berührten sich unsere Hände. Ich lehnte meinen Oberkörper so weit nach vorn, bis ich beinahe in den Schrank kippte.

»Mein Lebensretter heute war der Moment, in dem du meine Hand genommen hast«, sagte ich leise.

»Wann?«, flüsterte sie.

»Du weißt schon. Als wir auf Sweeneys Auto zugegangen sind. Und deiner?«

»Eigentlich ist es ja nicht erlaubt«, sagte sie, »aber meiner hat heute auch mit dir zu tun.«

Sie hob ein Kissen hoch und drückte ihr Gesicht hinein. Ich hätte mich am liebsten mit ihr in den Schrank gelegt.

»Sag schon«, sagte ich.

»Dass du mit mir abgehauen bist. Dass du mich nicht im Stich gelassen hast. Das ist mein heutiger Lebensretter«, sagte sie.

»Vergesst nachher nicht zu beten«, rief Sweeney aus dem anderen Zimmer herüber und kicherte laut.

NEUN

Kaum liege ich im Bett, denke ich an Alex. Ich kann einfach nicht anders. Alex ist nicht nur ein kleiner Besserwisser gewesen, er hat ja auch die unglaublichsten Fragen gestellt. Fragen, die mich verblüfft und manchmal noch tagelang beschäftigt haben. »Woher weiß man eigentlich, ob man wach ist oder schläft und nur träumt, dass man wach ist?« Da war er sechs. Ich habe ihm erklärt, dass er das am besten an den anderen Leuten erkennen könne: »Wenn sie sich so verhalten wie sonst auch, dann sind sie wach. Und du auch. Wenn sie

also Mist reden, einem auf die Nerven gehen, nur bei den blöden Witzen lachen und immer etwas von dir wollen, dann schlafen sie ganz bestimmt nicht. Klar?«
Alex hat mich nachdenklich angesehen und schließlich den Kopf geschüttelt. »Und wenn die anderen auch nur träumen, dass sie wach sind?«
Mein kleiner Bruder wollte wissen, wie die Luftblasen ins Mineralwasser kommen, warum Vater beim Autofahren flucht und Mutter nicht, warum Bier gelb ist, warum Jungen besser rülpsen können als Mädchen, warum alten Männern Haare aus den Ohren wachsen, ob es wirklich eine Stichflamme gibt, wenn man einen Furz anzündet, wie die schwarzen Punkte auf die Panzer der Marienkäfer kommen, woher der Religionslehrer weiß, dass Gott ein Mann und nicht etwa eine Frau ist, warum sich gewisse Frauen die Haare an den Beinen wegmachen und andere nicht, ob Vögel auf den Bäumen schlafen, oder warum Mädchen immer kreischen, obwohl sie doch eindeutig mutiger sind als wir Jungen? Ich habe fast nie eine Antwort gewusst. Aber Alex hat trotzdem nicht aufgehört, mir alle möglichen Fragen zu stellen. Er fragte und fragte, wobei er sich den Zeigefinger auf die Lippen legte und ein nachdenkliches Gesicht machte, als müsse er die Antwort finden und nicht ich.
In den letzten Monaten seines Lebens wollte er wirklich alles über Mädchen wissen. Am meisten interes-

sierte er sich für das Küssen. Alex ist nur ein einziges Mal von einem Mädchen geküsst worden. Blöderweise zu einer Zeit, in der er sich überhaupt noch nicht für das andere Geschlecht interessierte. Im Gegenteil. Damals konnte Alex Mädchen nicht ausstehen. Gaby Stoller war drei Jahre älter als er und hatte eigentlich nichts auf der Party zu seinem fünften Geburtstag verloren. Sie war mindestens zwei Köpfe größer als er und ziemlich dick. Ihre schwarzen Zöpfe sahen aus, als seien sie aus Draht. Gaby lachte fast nie. Sie hatte schöne grüne Augen, aber einen stechenden Blick, der mir Angst einjagte. Wenn sie etwas erklärte, stieß sie einem so lange den Zeigefinger gegen die Brust, bis man einen Schritt zurücktrat und die Flucht ergriff. An der Geburtstagsparty verfolgte sie Alex von Zimmer zu Zimmer, um ihm mit grimmigem Gesicht irgendwelche Sachen in die Hand zu drücken: eine heruntergebrannte Kerze, eine zerfledderte Zeichnung, ein Stück Schokoladentorte, eine halb nackte Puppe, einen Buntstift. Schließlich trieb sie Alex im Flur in die Enge und drückte ihm einen schmatzenden Kuss nach dem anderen auf den Mund. Es war widerlich.
Alex hat wie am Spieß geschrien. Als Gaby ihn noch einmal küssen wollte, hielt er sie sich mit den Fäusten vom Leib. Er schrie so lange, bis Mutter ihn auf den Arm nahm und mit ihm in der Küche verschwand. Gaby Stoller stand noch ein paar Minuten im Flur und

grinste. Sie sah unberechenbar und irgendwie gefährlich aus, und wir gingen ihr den ganzen Nachmittag aus dem Weg. Als die Party vorbei war, habe ich Gaby im Treppenhaus heimlich einen Pferdekuss verpasst. Sie ging ohne einen Ton in die Knie und hielt ihren Oberschenkel. Sie hatte Tränen in den Augen. Alex stand oben auf der Treppe und starrte mich entsetzt an. Als wir an diesem Abend im Bett lagen, erklärte er mir, dass er auf sich selber aufpassen könne. »Ich bin groß genug, um für mich selbst zu sorgen«, hat er feierlich behauptet und dann für den Rest der Nacht kein Wort mehr mit mir geredet.

Das Sofa knarrte bei jeder Bewegung. Ich konnte nicht einschlafen. Das Feuer war fast ausgegangen, und es war kalt in dem riesigen Zimmer. Vor dem Fenster stand ein Baum, dessen Äste vom Wind immer wieder gegen die Scheibe gepeitscht wurden.
Die Decke roch muffig und war zu kurz. In der Küche brummte der Kühlschrank. Wenn er sich einschaltete, vibrierte der Parkettboden.
Schließlich stand ich auf. Falls mich Sweeney entdeckte, würde ich so tun, als müsste ich auf die Toilette. Das Gästezimmer, in dem Fiona schlief, war irgendwo im ersten Stock. Die Stufen knarrten bei jedem Schritt und es dauerte eine Ewigkeit, bis ich im oberen Flur stand. Welche der vier Türen war die richtige? Ich ließ

mir Zeit, obwohl ich fror. Aus dem Fenster am Ende des Flurs sah man genau auf den Kirchturm. In einem der Zimmer schlug eine Uhr. Es war drei.
Vorsichtig machte ich die erste Tür auf, aber in dem verwinkelten Zimmer war niemand. Pappschachteln stapelten sich die Wände entlang, unter dem Fenster stand ein Schaukelstuhl. Ich setzte mich auf den kalten Boden und dachte an den nächsten Tag. Ob Fiona wohl schlief? Oder hatte sie auch ein schlechtes Gewissen? Ihre Mutter machte sich bestimmt Sorgen. Musste ich Fiona nicht überreden zurückzufahren? Ich saß im Dunkeln, bis meine Zehen gefühllos wurden. Dann trat ich leise auf den Flur hinaus.
An der nächsten Tür hing ein Kruzifix aus Metall. Ich zögerte, bevor ich die Klinke herunterdrückte. Ich stieß die Tür auf und hätte beinahe ein altmodisches Heizgerät umgeworfen, dessen Spirale rot glühte. In der Mitte des Zimmers stand ein Doppelbett, das wie ein Schiff aussah. Sonst gab es keine Möbel. Eine Spur von Kleidern zog sich über den Fußboden. Es roch nach Hustensirup. Im ersten Augenblick glaubte ich, die Person neben Sweeney im Bett sei Fiona. Aber dann erkannte ich die Frau, die ihn am Flughafen abgeholt hatte: War sie wirklich seine Schwester oder hatte er mich belogen? Der eine Arm der Frau hing aus dem Bett. Schlaff wie der Arm einer Toten. Nackt, mit abgewinkeltem Handgelenk. Ich musste mich beherrschen, um das

Zimmer nicht zu betreten und die Frau richtig zuzudecken. Neben dem Bett standen Sweeneys Schuhe. Er hatte die Socken ordentlich zusammengerollt und hineingestopft. Über dem Bett hing ein Rosenkranz an der Wand. Die beiden atmeten im gleichen Takt. Das Geräusch erinnerte mich an eine Dampflokomotive. Die Finger der Frau bewegten sich bei jedem Atemzug, als winke sie mir heimlich zu. Ich wollte gerade verschwinden, da tauchte Sweeneys Kopf aus den Kissen auf. Wir starrten uns an. Er fuhr sich über die Stirn und lächelte.

»Leg dich wieder hin, Junge«, sagte Sweeney ruhig.

Ich nickte, machte die Tür zu und ging nach unten.

ZEHN

Als ich erwachte, war es hell und warm. In der Küche lief ein Radio. Ich hörte Fionas Stimme, konnte sie aber nicht verstehen. Es dauerte erstaunlich lange, bis sie von Sweeney unterbrochen wurde. Seine Stimme war laut und nachdrücklich, aber die einzelnen Worte, die ich verstand, ergaben keinen Sinn. Als Sweeney fertig war, schwiegen sie. Schließlich sagte eine Frauenstimme energisch: »Weil es nicht richtig ist, Schätzchen.« Ein Stuhl wurde an eine andere Stelle gerückt und jemand stand auf. Ich hörte Schritte auf dem Flur,

dann wurde die Tür zu Sweeneys Arbeitszimmer auf- und wieder zugemacht. In der Küche klapperte Besteck.
Ich trat verschlafen ans Fenster. Draußen ging ein heftiger Wind, der Himmel war klar. Eine Pfütze im Innenhof war mit einer Eisschicht bedeckt. Ich stellte mir vor, wie sie krachte, wenn ich später darauf trat und sie zerbrach. Ich schlüpfte in meine Jeans und hörte Sweeney in seinem Arbeitszimmer reden. Im Radio in der Küche lief ein Weihnachtslied, sonst war es still. Ich legte das Ohr an die Tür des Arbeitszimmers und lauschte. Sweeney war offensichtlich am Telefon. Er sagte »ja«, hörte eine Weile zu, sagte noch einmal »ja«, hörte wieder zu und brummte ein Wort, das ich nicht verstand. Er stellte irgendeinen Gegenstand auf seinen Tisch und ließ sich in den Sessel fallen.
»Nein, nein, keine Sorge«, sagte er, »ich halte die beiden so lange hier fest. Was? Genau. Neben der Kirche.«
Ich war auf einen Schlag wach. Sweeney hatte uns verraten. Mit wem telefonierte er? Mit Fionas Mutter? Mit der Polizei? Oder mit Tony? Wir hatten keine Zeit zu verlieren. Ich schnappte meine Jacke und lief in die Küche. Fiona saß am Tisch, einen Teller mit Speck und Rührei vor sich. Sweeneys Schwester oder Geliebte stand am Herd. Sie trug eine Schürze und hatte eine Bratpfanne in der Hand.
»Wir hauen ab«, sagte ich und zog Fiona hoch.

Fiona sah mich erstaunt an. Die Frau stellte die Pfanne auf den Herd zurück und stemmte beide Arme in die Hüften.

»Du musst etwas essen, Junge«, sagte sie.

»Er hat uns verraten«, sagte ich, »komm schon.«

»Cormac!«, rief die Frau ängstlich und versuchte, die Tür zu versperren.

Ich schob sie zur Seite und wir machten, dass wir wegkamen.

Kurz hinter Boyle ging uns das Benzin aus. Eben noch hatte die Tachonadel am Anschlag gezittert und der Motor wie eine durchgedrehte Nähmaschine geklungen, und im nächsten Augenblick fing er an zu stottern und zu sprotzen und blieb stehen. Ich musste auskuppeln, um das Moped auf der Straße zu halten. Jetzt erst hörten wir das Sirren der Reifen auf dem nassen Asphalt. Wir rollten noch etwa zweihundert Meter weiter, aber als die Straße leicht anstieg, blieben wir stehen.

Obwohl wir uns alle paar Meilen mit dem Fahren abgewechselt hatten, waren meine Hände steif gefroren. Ich durfte meine Finger auf keinen Fall bewegen, sonst würden sie wie Eiszapfen zerspringen. Wir schoben die Zündapp von der Straße hinter eine Scheune und bockten sie auf. Fiona sah mir wortlos zu, wie ich am Motor herumfingerte, an Kabeln zog, die Zündkappen ab-

nahm und wieder aufsetzte und voller Wut den Kickstarter trat.
»Das bringt nichts«, sagte sie und schob mich beiseite. Sie schraubte den Tankdeckel auf, sah in die Öffnung und bewegte die Maschine hin und her.
»Pech gehabt«, sagte sie, »leer, kein Tropfen.«
»Und jetzt?«, fragte ich.
»Jetzt halten wir ein Auto an.«
»Und was machen wir mit dem Scheißteil hier?«, fragte ich und trat gegen das Hinterrad der Zündapp.
»Muss verschwinden«, sagte Fiona.
Wir entschlossen uns, das Moped in der Scheune zu verstecken. Ich schob es hinter einen Haufen Torf und deckte es mit zerrissenen Jutesäcken zu. Es fing an zu regnen. Wir setzten uns auf eine Kiste, Fiona zog eine Schachtel Zigaretten aus ihrer Jacke und steckte sich eine an.
»Seit wann rauchst du eigentlich?«, fragte ich.
»Nur wenn ich Stress habe. Willst du auch eine?«
Ich nickte. Fiona nahm eine zweite Zigarette aus der Schachtel, zündete sie für mich an und steckte sie mir zwischen die Lippen.
»Möchtest du, dass wir zurückfahren?«, fragte sie.
»Du?«
Sie schüttelte den Kopf. Das Dach war undicht, die Tropfen fielen genau zwischen Fiona und mir auf die Erde.

»Möchtest du zurück?«, wiederholte sie.

»Nein«, log ich.

Natürlich wollte ich zurück. Mir war kalt. Ich war hungrig, wollte duschen und mich endlich umziehen. Andererseits erwartete uns bestimmt nichts als Ärger.

»Ich auch nicht«, sagte Fiona, »auf keinen Fall.«

»Wegen Tony?«

»Wir könnten doch in die Schweiz, was meinst du?«, sagte sie ohne mich anzusehen.

»Ich hab dich was gefragt. Ist es wegen Tony?«

Sie nickte. Ihre Hand war kalt und steif. Sie wollte nicht, dass ich sie streichelte. Sie zog die Hand zurück und hielt sie zwischen uns in der Luft, um den nächsten Regentropfen in ihre offene Handfläche klatschen zu lassen.

»Hat er eigentlich keine Freundin?«, sagte ich.

»Wer?«, fragte sie und schnippte ihre Zigarette ins Freie.

»Ach komm, lass den Scheiß. Hat er eine Freundin oder nicht?«

»Hat er nicht«, sagte sie.

»Ist er schwul?«

»Tony? Quatsch. Gibst du mir den letzten Zug von deiner?«

Sie nahm mir die Zigarette aus dem Mund, zog daran und drückte sie auf dem Boden aus.

»War er mal verheiratet?«, fragte ich.

»Drei Tage, ja«, sagte Fiona.
»Was? Warum nur drei Tage?«
»Ist eine schreckliche Geschichte. Meine Mutter sagt, dass er deswegen ein solches Arschloch ist. Aber das ist Quatsch. Willst du die Geschichte hören?«
»Logisch«, sagte ich.
»Am Tag nach ihrer Hochzeit sind sie nach Paris geflogen …«
»Sie sind abgestürzt«, unterbrach ich sie.
»Willst du die Geschichte hören oder nicht?«
Ich legte den Zeigefinger auf meine Lippen und schloss die Augen. Der Regen klopfte auf das Dach, als sei es eine Trommel.
»Am zweiten Tag haben sie sich alle Sehenswürdigkeiten angesehen. Eiffelturm und … du weißt schon. Alles eben. Am Nachmittag sind sie dann in einen Platzregen geraten, Tony wollte zurück ins Hotel, um sich trockene Sachen anzuziehen. Und auf dem Rückweg ist es passiert. Alison ist von einem Taxi angefahren worden. Eine Woche später ist sie gestorben.«
»Auf ihrer Hochzeitsreise?«
»Furchtbar, nicht?«
»Hat Tony es dir erzählt?«
»Ja. Er hat lange von nichts anderem mehr geredet. Als könne er irgendeine Logik in dem Unfall entdecken, wenn er nur immer und immer wieder davon erzählt.«
»Kenn ich«, sagte ich.

»Tony hat sich schuldig gefühlt.«
»Das muss er auch«, sagte ich.
»Quatsch!«
»Er wollte sich trockene Sachen anziehen, oder nicht?«
»Wenn sich Alison noch ein Schaufenster angesehen hätte, bevor sie auf die Straße getreten wäre, wäre das Taxi schon vorbei gewesen«, sagte Fiona.
»Dann war ihr Tod also Schicksal«, sagte ich.
»Tonys Schuld war er jedenfalls nicht.«
Wir saßen nebeneinander auf dem Boden der Scheune und starrten schweigend in den Regen. Natürlich mache ich mir wegen Alex Vorwürfe. Ich bin überzeugt davon, dass er nicht ertrunken wäre, wenn ich damals mit nach Spanien gefahren wäre. Obwohl ich gar nichts dafür kann, dass ich nicht mit ihm und unseren Eltern in Lloret de Mar Ferien gemacht habe. Schließlich ist es ja nicht meine Idee gewesen, in Frankreich einen Sprachkurs zu belegen. Als ich meinen Bruder zum letzten Mal gesehen habe, konnte ich nicht wissen, dass es das letzte Mal war. Woher auch. Was hat er gedacht, als er realisierte, dass er ertrinkt? Was war sein letzter Gedanke? Hat er an mich gedacht? »Wo ist Pat? Warum ist er nicht hier bei mir, ich brauche ihn, er muss mir helfen, was hat er denn in Frankreich verloren, ich kann ehrlich gesagt doch noch nicht für mich selber sorgen! Pat, wo bist du? Komm schon, ich hab nicht mehr viel Zeit, eigentlich gar keine mehr,

komm endlich, weil ich nämlich sterbe, lass mich jetzt nicht im Stich!« Hat er das gedacht? Was hat er zuletzt gesehen? Den Strand von Lloret de Mar? Die lange Reihe von Sonnenschirmen? Bewegten sie sich? Oder war es windstill? Hat er den Himmel über sich gesehen? Oder stimmt es, dass man in den letzten Sekunden sein ganzes Leben vor sich ablaufen sieht wie einen Film? Aber was heißt schon sein ganzes Leben! Alex war doch erst elf. Elf! Alex hat immer geschwitzt im Schlaf. Immer. Egal, ob es in unserem Zimmer warm oder kalt war. Alex hat geschwitzt und sich im Schlaf hin- und hergeworfen, mit geballten Fäusten, ohne zu erwachen. Als kämpfe er gegen Dämonen. Manchmal hat er im Schlaf geredet, aber leider konnte ich nicht verstehen, was er sagte. Nie. Auch wenn ich am nächsten Morgen behauptete, jedes Wort verstanden zu haben. »Du hast von Gaby Stoller geredet«, habe ich gelogen, »dass du sie heiraten wirst.« Alex hat genau gewusst, dass ich das alles nur erfinde. Trotzdem hat er so getan, als rege er sich furchtbar darüber auf. Manchmal hat Alex geschnarcht. Dürfen Kinder schnarchen? Natürlich hat er mir das nicht geglaubt. Aber es stimmt: Alex hat geschnarcht wie ein alter Mann, der jeden Tag eine Schachtel Zigarren raucht. Ich vermisse dieses Schnarchen, vermisse es wie nichts auf dieser Welt. Schnarche ich etwa auch? Alex, hörst du mich? Alex!

»Wen hat Sweeney überhaupt angerufen?«, fragte Fiona und starrte durch das offene Scheunentor in den Regen hinaus.

»Weiß nicht«, antwortete ich.

»Aber dass es um uns ging, das weißt du?«, fragte sie gereizt.

»Logisch. Sweeney hat uns verraten. Was hast du ihm in der Küche eigentlich erzählt?«

»Dass wir abgehauen sind.«

Die Regentropfen klingelten in einer leeren Flasche, die vor dem offenen Tor an der Scheunenwand stand. Die Steine, die auf dem Vorplatz lagen, glänzten. Wir hatten zwar noch nicht darüber geredet, aber mir war klar, dass wir auf dem Weg nach Dublin waren. Und was dann?

»Denkst du auch manchmal über den Tod nach?«, fragte Fiona.

Ich stand auf, setzte mich aber gleich wieder hin. Sie sah mich von der Seite an und strich mir über den Kopf.

»'tschuldigung. Hab nicht an deinen Bruder gedacht.«

»Logisch denk ich manchmal an das Ende«, sagte ich.

»Und?«, fragte sie.

»Es soll möglichst schnell gehen. Und du?«

»Ich?« Sie lachte. »Ich weiß ja nicht mal, wie ich leben möchte.«

»Ich schon.«

»Ach ja. Und wie?«, fragte sie.
»Na mit dir«, sagte ich leise.
»Das weiß ich auch. Aber sonst hab ich keinen Schimmer.«
»Heute ist übrigens der letzte Tag des Jahres«, sagte ich.
»Zum Glück«, sagte sie.
Ein Traktor fuhr über die Wiese. Auf der Ladefläche saß ein Hund, der in unsere Richtung starrte und kläffte. Der Farmer drehte den Kopf, bemerkte uns und grüßte. Wir winkten zurück, kurz darauf stand Fiona auf.
»Wir müssen weiter, komm«, sagte sie und streckte die Hand nach mir aus.
»Und wie?«, fragte ich und nahm ihre Hand.
»Irgendeiner wird uns schon mitnehmen, keine Sorge.«

Das Baby lehnte sich aus seinem Kindersitz und patschte mir ins Gesicht. Das Baby roch nach Milch. Seine Hand war weich und warm. Fiona saß neben dem Fahrer, der angestrengt auf die Fahrbahn starrte. Der Regen war so stark, dass die Straße aussah wie ein Fluss. Am Rückspiegel baumelte ein Rosenkranz.
»Das find ich schön, dass ihr mit deinen Großeltern Neujahr feiern wollt«, sagte er zu Fiona.
Der Mann fuhr nach Carrick-on-Shannon, wo er mit seiner Frau eine Metzgerei führte. Fiona hatte ihm er-

zählt, dass uns ihre Großeltern in Carrick abholten und dass wir mit ihnen Silvester feierten.

»Wo wohnen sie denn, deine Großeltern?«, fragte der Mann.

»In Killukin«, antwortete Fiona schnell.

»Kenn ich. Dann kaufen sie ja vielleicht bei mir ein.«

»Meine Großeltern sind Vegetarier«, behauptete Fiona.

»Ah ja. Schade.« Er lachte.

»Das sag ich auch immer«, meinte Fiona schnippisch.

»Und wie heißen sie?«

»Boyle«, log Fiona, »genau wie ich.«

»Und der junge Mann?«, fragte er und sah im Rückspiegel zu mir nach hinten.

»Das ist mein kleiner Bruder«, sagte Fiona lächelnd.

»Ich heiße Ronan«, sagte ich.

Fiona sah mich böse an. Das Baby hatte mit beiden Händen meinen Zeigefinger gepackt und drückte ihn, wobei es vor Anstrengung laut atmete.

»Ein blöder Name, finde ich«, sagte Fiona.

»Find ich nicht«, sagte der Mann, »ich heiß nämlich auch Ronan.«

Das Lachen des Mannes war herzlich und ansteckend. Das Baby sah uns mit aufgerissenen Augen zu und entschloss sich dann, ebenfalls zu lachen.

»Tut mir Leid«, sagte Fiona.

»Macht gar nichts. Und wie heißt du?«

»Alison«, log Fiona.

»Ah ja. Auch nicht gerade mein Lieblingsname«, sagte er grinsend.

»Meiner schon«, sagte ich.

Er überholte einen Traktor, gleich darauf fuhren wir über den Shannon. Das Wasser war flaschengrün. Im Hafen lagen dutzende von abgedeckten Booten an langen Stegen. Der Mann hielt vor einer Metzgerei an der Hauptstraße, die sich durch Carrick wand.

»Danke fürs Mitnehmen«, sagte ich.

»Gern geschehen«, sagte er und schaltete den Motor ab.

»Fleisch kann ich euch ja keines mitgeben«, sagte der Mann.

»Warum nicht?«, fragte Fiona.

»Also meine Schwester und ich, wir sind keine Vegetarier«, sagte ich rasch.

»Ah ja. Das ist gut. – Schinken oder Würstchen?«

Das Fenster des Warteraums war beschlagen, aber draußen gab es sowieso nichts zu sehen: Seit 15 Uhr war es stockdunkel. Der Heizkörper schaltete sich alle paar Minuten ein und blies warme Luft in Fionas Gesicht. Sie saß mit angezogenen Beinen auf der Holzbank und schwieg.

Vor etwa zwei Stunden hatte sich der Raum plötzlich gefüllt. Innerhalb kürzester Zeit war die Luft zum Schneiden dick gewesen. Es hatte nach Haarlack, Parfum, Zigarettenrauch und Mist gestunken. Wir hatten uns auf den einzigen Bahnsteig verzogen, kurz darauf war der Zug nach Sligo eingefahren. Als ich Fiona fragte, ob wir nicht doch zurückfahren sollten, hatte sie mich nur voller Verachtung angesehen, sich am anderen Ende des Bahnsteiges auf den kalten Boden gesetzt.

Seit der Zug weg war, hatte Fiona kein Wort mehr mit mir gewechselt. Sie wich meinen Blicken aus und reagierte auch nicht auf meine Berührungen. An der Wand hing ein Kalender mit Landschaftsbildern und frommen Sprüchen. Der Boden war mit Müll übersät. Wenigstens hatten wir den Warteraum wieder für uns alleine.

»Ich hab ja nur gefragt«, sagte ich schließlich.

Fiona steckte den Kopf zwischen ihre Knie. Ihre Finger waren weiß vor Kälte.

»Ich will doch auch nicht zurück. Ich hab wirklich nur gefragt. Red wieder mit mir. Bitte.«

Sie hob den Kopf und sah mich prüfend und mit verkniffenem Gesicht an. Es war nicht einfach, ihrem Blick standzuhalten. Sie ließ mich eine ganze Weile zappeln, dann lächelte sie. Ihr Gesicht wurde weich, ihr Blick sanft.

»Willst du?«, fragte sie und zog unser letztes Schinkenbrot aus ihrer Jackentasche.

»Aber nur die Hälfte«, sagte ich und setzte mich neben sie.

»Mehr kriegst du sowieso nicht.«

Sie teilte das Sandwich und reichte mir die Hälfte. Ich gab ihr einen Kuss, bevor ich hineinbiss.

»Was machen wir heute Abend?«, fragte sie.

»Frieren.«

»Und sonst? Party oder teuer essen?«

»Dafür haben wir nicht genug Geld«, sagte ich kauend.

»Also Party.«

»In Carrick-on-Shannon. Na viel Vergnügen.«

»Immerhin ist heute Silvester«, sagte Fiona und schob mir das letzte Stück ihrer Sandwichhälfte in den Mund.

»Und wo schlafen wir?«, fragte ich.

»Frag mich etwas Einfacheres.«

Sie stand auf und trat ans Fenster. Die Luft, die mir der Heizkörper ins Gesicht blies, war angenehm warm. An meiner Sohle klebte ein Kaugummi.

»Hast du schon einmal auf einem Schiff geschlafen?«, fragte Fiona.

»Nein.«

»Aber du würdest gerne?«

Ich nickte und trat neben sie ans Fenster.

»Gut«, sagte Fiona.

»Baust du uns schnell ein Boot oder was?«

»Lass dich überraschen. Aber zuerst gehen wir auf eine Party. Ich will tanzen.«

ELF

Der Typ hatte einen Schädel wie ein Fels mit einem Moosfleck mitten darauf. Die grün gefärbte Stelle an seinem Hinterkopf war etwa faustgroß, sonst war er kahl rasiert. Sein Hals sah aus, als sei er mit einer Dampframme zusammengestaucht worden. Ich blieb in Fionas Nähe, aber der Kerl schob mich immer wieder an den Rand der Tanzfläche. Er stank wie ein Bierfass und war betrunken. Aber das waren alle. Wir auch. Wir brauchten weder zu bestellen noch zu bezahlen. Immer wieder drückte uns irgendjemand ein Glas Bier,

Sekt oder Wein in die Hand und wünschte uns viel Spaß und ein gutes neues Jahr. Es war besser, wenn ich die Augen offen hielt. Machte ich sie zu, verwandelte sich die Tanzfläche in einen wogenden Ozean, und alles drehte sich im Kreis. Neben der Bar war ein Buffet aufgebaut, an dem man sich gratis bedienen konnte. Wir hatten noch nicht einmal Eintritt bezahlt. Fiona hatte die zwei Männer an der Kasse so lange voll gequatscht, bis sie uns gratis reingelassen hatten.

Die Musik war grauenhaft. Und das Schlimmste war, dass mich das nicht im Geringsten störte. Der Typ mit dem Felskopf bewegte beide Arme auf und ab wie ein Vogel, der aus dem Nest gefallen ist. Er tanzte auf Fiona zu, die sich geschickt unter ihm wegduckte und in der Menge verschwand. Der Typ brauchte einen Moment, bis er kapierte, dass sie weg war. Dann drängte er sich grunzend an den Leuten vorbei. Fiona nahm mich bei der Hand und zog mich zum Ausgang.

»Komm, wir verschwinden«, sagte sie.

»Und wohin?«

»Na wohin wohl? Auf unser Boot natürlich!«

»Wir haben kein Boot«, sagte ich.

»Komm schon. Oder willst du etwa mit den Knallköpfen hier auf das neue Jahr anstoßen?«

Wir liefen im Regen durch die menschenleeren Straßen. Die frische Luft tat mir gut. Aber wenn ich die Augen zumachte, wurde mir sofort wieder schwindlig. Auch Fiona war angetrunken. Sie ging anders als sonst. Als zögere sie vor jedem Schritt. Es dauerte zehn Minuten, bis wir jemandem begegneten: Unter einem triefenden Vordach stand ein älteres Paar.

»... weil ich ihm sonst eine auf sein blödes Maul gegeben hätte«, sagte der Mann und spuckte auf den Gehsteig.

»Hättest du nicht, Dummerchen«, antwortete die Frau gelassen und boxte ihn spielerisch gegen die Schulter. Das Lachen der beiden klang viel zu laut. In einem der Schaufenster flackerte eine Neonröhre. Es war so kalt, dass ich kaum zu atmen wagte. In einem erleuchteten Wohnzimmerfenster war eine Frau zu sehen, die in einer Illustrierten las. Sie leckte sich den Daumen und blätterte um. Der Anblick der einsamen Frau in dem schäbigen Zimmer erinnerte mich an unsere eigene Situation. Es hätte nicht viel gefehlt und ich wäre stehen geblieben und hätte losgeheult. Fiona schien genau zu wissen, wohin wir gingen. Sie zog mich in eine Straße, die an einem leeren Take-Away vorbeiführte. Die Bedienung trug eine Papiermütze. Sie lehnte an der Kasse und starrte mit unbewegtem Gesicht in die Nacht hinaus. Als sie uns bemerkte, winkte sie mit einer Grillzange. Am Ende der Straße bogen wir nach links ab und folgten einer Gartenmauer, bis wir am Hafen standen. Unter unseren Schuhen knirschten die Scherben

einer Bierflasche. Fiona deutete auf ein Licht, das drei leere Fahnenmasten beleuchtete.
»Dort drüben wartet unser Boot«, sagte sie.
Wir kletterten über ein Gittertor, an dem ein Schild angebracht war: CARRICK-ON-SHANNON RUDERKLUB. PRIVATGELÄNDE. NUR FÜR MITGLIEDER. Hinter dem Gebäude des Ruderklubs lag eine Wiese, auf der zwei Holzbänke standen. Fiona setzte sich. Ich blieb stehen, starrte auf das schmutzige Wasser und versuchte, nicht an ein warmes Bett zu denken.
»Worauf wartest du?«, fragte Fiona und klopfte mit der flachen Hand auf die Bank.
»Ist mir zu kalt. Was ist jetzt mit dem Boot?«
»Gleich. Aber zuerst will ich deinen Lebensretter wissen.«
»Ach, komm. Ich friere mir den Arsch weg.«
»Im Meer stehen und spüren, wie einem die Wellen den Sand unter den Zehen wegspülen, bis man den Boden unter den Füßen verloren hat«, sagte sie ohne mich anzusehen.
Fiona biss sich auf die Unterlippe.
»Sag schon«, forderte sie leise.
»Rülpsen, nachdem man sein Lieblingsessen gegessen hat«, sagte ich und setzte mich neben sie.
»Was?«
»Wegen des Geruchs«, sagte ich und blies ihr meine Alkoholfahne ins Gesicht.

»Sind eigentlich alle Männer Schweine?«, fragte sie, nahm meine Hand und biss hinein.
Vor der Lagerhalle stand ein leerer Bootsanhänger. Die Planken der Stege schimmerten, als seien sie mit Schnee bedeckt. Es waren viel mehr Boote, als ich von der Brücke aus gesehen hatte. Sie lagen in mehreren Reihen nebeneinander vertäut und füllten fast das ganze Hafenbecken aus. Das Wasser sah aus wie das gehämmerte Metall der Gießkanne meines Großvaters. Das Büro des Bootsvermieters war dunkel und in der Glastür hing ein Schild: GESCHLOSSEN. Der Regen hatte aufgehört, dafür ging jetzt ein heftiger, kalter Wind. Die Boote schaukelten auf und ab und rieben knirschend gegeneinander. Ich musste tief durchatmen, um mich nicht zu übergeben. In jedem Pub und in jedem Hotel der Stadt wurde der letzte Tag des Jahres 1998 gefeiert, aber hier unten am Hafen war davon nichts zu hören. Ich sah auf meine Armbanduhr: In einer halben Stunde war Mitternacht. Der Himmel war ohne Stern. Ich fühlte, dass sich die Erde bewegte. In einem Anbau neben dem Bürogebäude gab es offenbar Toiletten und Duschen, aber die Türen waren leider abgeschlossen.
»Und jetzt?«, fragte ich.
»Jetzt suchen wir uns ein Boot aus. Groß oder klein?«
»Warm und gemütlich«, sagte ich.
»Gut. Warm und gemütlich. Gut.«
»Und wenn uns jemand beobachtet?«

»Quatsch! Heute feiern doch alle.«
Trotzdem hielten wir uns von den drei Lampen fern, die einen Teil des Geländes in trübes Licht tauchten. Wir gingen ans hintere Ende des Hafens und stiegen über das Gitter, das den Zutritt zum letzten Bootssteg verhindern sollte. Die Holzplanken waren glitschig und wurden durch unsere schnellen Schritte in eine Schaukelbewegung versetzt. Am Ende des Steges blieben wir stehen. Das Wasser roch eigenartig, als sei es alt, verbraucht und müde. Alex hat mir beigebracht, das Wasser als Lebewesen mit verschiedenen Stimmungen zu betrachten. Jeder See, jeder Fluss hat seinen eigenen Charakter. Es gibt Flüsse, die übermütig riechen, nach Abenteuer und Sommer, nach Lagerfeuern und Eisenbahngeleisen, die in der Sonne glühen. Und es gibt Seen, die aussehen, als lägen sie schon seit tausend Jahren im Tiefschlaf. Seen, die den Wind und jedes laute Wort als Störung empfinden und ein Gesicht schneiden wie ein missmutiger Hausmeister. Seen, die nach abgestandenem Essen riechen, nach dem Wartezimmer eines Zahnarztes oder wie das Innere eines Koffers, den noch nie jemand geöffnet hat. »Mit dem Meer kenne ich mich noch nicht aus«, hat mir Alex erklärt.
»Wir nehmen das äußerste Boot, was meinst du?«
Ich nickte. Um zu dem Boot zu gelangen, auf das Fiona gedeutet hatte, mussten wir erst über zwei andere Schiffe klettern. Schließlich kauerten wir nebeneinander

auf dem schwankenden Bootsdeck vor der verschlossenen Plexiglastür der Kabine und sahen uns wortlos an. Mir war so schwindlig, dass ich mich festhalten musste. Von hier aus war nur der hinterste Lagerschuppen zu erkennen. Man konnte uns also nur sehen, wenn man bis in den abgelegenen Teil des Hafens ging.
»Abgeschlossen«, sagte ich wie der letzte Idiot, während Fiona am Schloss rüttelte.
»Na und«, kicherte sie.
Sie stand auf und trat voller Kraft dagegen. Die Tür sprang krachend auf, ohne dass das Plexiglas zerbrach. Irgendwo bellte ein Hund, aber Fiona kümmerte sich nicht darum und stieg ins Boot.
»Komm endlich«, zischte sie, weil ich immer noch bewegungslos vor der offenen Tür kauerte.
Ich schüttelte den Kopf und atmete tief durch, als mache mich das nüchtern. Dann betrat ich die Kabine und zog die Tür hinter mir zu. Soweit ich in der Dunkelheit erkennen konnte, befand sich das Steuerrad gleich neben dem Eingang. Ich bemerkte eine gepolsterte Eckbank und einen Tisch.
»Kerzen«, sagte Fiona leise, »hier muss es irgendwo Kerzen geben.«
»Was ist mit Strom? Das Ding hat doch bestimmt eine Batterie?«
»Dafür braucht man den Zündschlüssel«, sagte Fiona, »außerdem kann man elektrisches Licht viel zu weit se-

hen. Wir brauchen Kerzen. Guck in der Eckbank nach. Ich seh mich in der Küche um.«

Sie polterte eine kurze Treppe hinunter und öffnete eine Schranktür nach der anderen, ich durchsuchte die beiden Stauräume unter den Sitzflächen.

»Bingo«, sagte Fiona und lachte.

»Hier hat's Wolldecken und Kissen«, sagte ich, »und Schwimmwesten.«

»Das ist gut. Und? Wo schlafen wir?«

»Na hier«, sagte ich, »auf der Bank.«

»Blödmann. Hier hat es doch garantiert Betten.«

Natürlich hatte Fiona Recht. Das Boot war viel geräumiger, als ich erwartet hatte. Neben der Küchenecke befand sich eine Toilette mit Dusche, im vorderen Teil gab es eine enge Kabine mit zwei Betten. Wir entschieden uns für die hintere Kabine. Sie war fast so groß wie Fionas Zimmer. Außer einem Doppelbett gab es ein Waschbecken und ein eigenes kleines Bad.

Bevor Fiona die Kerzen anzündete, zog sie die Gardinen zu. Ich suchte alle Decken und Kissen zusammen, die ich finden konnte, und verwandelte die Kabine in eine gemütliche Höhle.

»Nicht schlecht, was?«, murmelte Fiona, zog ihre Schuhe aus und verkroch sich gähnend unter dem Deckenberg.

Ich war zu aufgedreht um mich hinzulegen. Außerdem war es toll, Fiona zu beobachten: Sie streckte beide

Hände in die Luft und betrachtete sie. Als gehörten sie gar nicht zu ihr. Ich sah ihr an, dass sie gegen den Schlaf kämpfte. Sie redete mit sich selbst, schniefte, sah sich nach mir um und lächelte. In diesem Moment hatte ich das Gefühl, schon seit Jahren mit ihr zusammen zu sein. Wasser klatschte gegen den Bootsrumpf. Das Licht der Kerzen flackerte auf ihrem Gesicht. Ich hatte Mühe stillzustehen. In zwei Minuten war Mitternacht. Es war richtig gewesen, abzuhauen. Die Kabine war besser als Fionas Zimmer. Besser als mein Zimmer. Sie war mindestens so gut wie Fionas Camper. Das Problem war bloß, dass wir nicht immer auf diesem Boot bleiben konnten.

»Duschen wär natürlich noch besser«, murmelte Fiona.

Ich drehte den Hahn des Waschbeckens auf, als habe sie mich darum gebeten.

»Wir haben sogar Wasser«, sagte ich.

»Aber nur kaltes«, sagte sie schläfrig, »bist du nicht müde?«

»Ich bin ein bisschen betrunken«, sagte ich und setzte mich neben sie.

»Ein bisschen? Ich auch. Nur ein bisschen, mein ich.«

Sie nahm meine Hand, zog sie unter die Decken und legte sie auf ihren Bauch. Ihre Haut war glühend heiß. Ich hatte überhaupt keine Lust, meine Hand zu bewegen oder so. Es war perfekt, einfach nur neben ihr zu sitzen und ihre Atemzüge zu spüren.

»Es ist übrigens Mitternacht«, sagte ich, nachdem ich auf meine Uhr geschaut hatte.

»Dann ist dieses Scheißjahr also endlich vorbei«, murmelte Fiona.

Weil ich keine Antwort gab, sah sie mich an. Ihre Pupillen waren schwarz wie Löcher, in die ich hineinfallen würde, wenn ich nicht aufpasste.

»Hat nichts mit dir zu tun«, sagte sie und setzte sich auf, »aber war das etwa kein Scheißjahr?«

»Doch«, sagte ich ohne nachzudenken.

Was machte den Unterschied zwischen einem guten und einem beschissenen Jahr aus? Wie es in der Schule lief? Wie man mit den Eltern auskam? Das Wetter? Das Kinoprogramm? Ob man eine Freundin hatte oder nicht? Ob die neue CD der Lieblingsband etwas taugte oder nicht? Wie viele Tore man im Handball schoss? Ob man von Akne verschont blieb? Ob man Freunde hatte oder nicht? Wie viele Zungenküsse man abbekam? »Vergiss nicht, die Gesundheit zu erwähnen«, hörte ich den Einwurf meiner Mutter. Wie sollte ich das jemals vergessen können? Mein Bruder war vor drei Jahren gestorben. Also war dieses Jahr mit Abstand das beschissenste Jahr gewesen, das ich bis jetzt erlebt hatte.

»Ich wünsch dir trotzdem ein gutes neues Jahr«, sagte ich.

»Das wünsch ich dir auch.«

Fiona setzte sich auf und wir küssten uns. Sie stank nach Frittenöl und Bier. Und sie hatte einen Kaugummi mit Erdbeergeschmack im Mund, den wir eine Weile hin- und herwandern ließen.

»Bist du nicht müde?«, flüsterte Fiona und legte sich hin.

»Doch.«

»Dann komm schon ins Bett. Machst du bitte die Kerzen aus?«

Ihre Stimme klang so dünn und zittrig, dass ich glaubte, sie würde mich auf den Arm nehmen. Aber als ich die Kerzen gelöscht hatte und zu ihr unter die Decken kroch, war sie eingeschlafen. Ich fragte mich, wie sich andere Jungen in meiner Situation benehmen würden. Wenn sie mit ihrem Mädchen allein wären. Sollte ich Fiona aufwecken? Nein. Ich war betrunken. Es war eindeutig der falsche Augenblick, um zum ersten Mal miteinander zu schlafen. Oder etwa nicht? Gab es kein Feuerwerk in Carrick-on-Shannon? Ich schob den Vorhang zur Seite: Der Himmel war dunkel. Also gab es kein Feuerwerk. Warum fuhren wir eigentlich nicht mit diesem Boot davon? Weil wir keinen Zündschlüssel hatten. Ich würde mir eine Angelrute zulegen. Um die restlichen Lebensmittel zu kaufen, würden wir alle paar Tage in irgendeinem Hafen anlegen. Auf der Flucht mit einem Boot. Es war kindisch, darüber nachzudenken. Aber ich konnte nicht aufhören damit. Es war ein gutes Gefühl, neben der schlafenden Fiona zu liegen und mir vorzustellen, wie ich das Boot durch einen Fluss steuerte, der so schmal war, dass die Äste der Bäume über das Dach der Kabinen ratschten. Vielleicht legte ich mir sogar ein Gewehr zu und schoss Hasen oder so. Ich sah mich mit einem Bart, den ich nur wegmachte, wenn wir in einem Restaurant aßen. Aber das kam selten vor. Die meiste Zeit waren wir allein. Ich rauchte selbst gedrehte Zigaretten und trug grässliche Wollpullis und braune Kordhosen. Aber Kleider spielten sowieso keine Rolle mehr. Dabei war das in Wirklichkeit ganz anders: In Wirklichkeit hatte ich nur Sachen an, die so aussehen mussten, als hätte ich nicht darüber nachgedacht, was für Sachen ich anhatte. Obwohl ich logischerweise ganz genau darauf achtete, was ich anhatte. Was? Egal. Ich war wirklich betrunken. Und außerdem hatte ich keine Ahnung von Booten. Womit fährt ein Bootsmotor? Diesel? Benzin? Gab es spezielles Schiffsbenzin? Und wo tankte man? An der Tankstelle? Bestimmt gab es Schleusen mit Schleusenwärtern, die mir dicke Seile zuwarfen und mitleidig den Kopf schüttelten, weil ich die Knoten nicht beherrschte. Die mir Fachworte zuriefen, die ich nicht verstand. Vielleicht machten wir doch besser mit Autostopp weiter. Meine Eltern glaubten sowieso, dass ich tot sei. Ich sah sie genau vor mir: grau und in sich zusammengesunken vor Trauer. Uralt, am Ende. Das frühere Zimmer von Alex und mir war ein Schrein, ein Museum. Alles war an seinem Platz, sie konnten sich einfach nicht dazu durchringen, es zu räumen. Immer wieder versuchten sie es, nachdem sie sich wochenlang deswegen gestritten hatten. Aber sie schafften es einfach nicht. Manchmal saßen sie stundenlang auf meinem Stuhl an meinem Schreibtisch vor meinen offenen Schulheften und starrten ins Leere. Schade, dass ich nie ein Tagebuch geführt hatte. Ich hätte es so versteckt, dass sie es ganz bestimmt gefunden hätten. Sie wären am Küchentisch gesessen, hätten sich über die Seiten gebeugt und versucht, meine Schrift zu entziffern. Leider schafften sie es. Denn jetzt erfuhren sie die furchtbare Wahrheit, die Eltern besser nicht erfahren. Jetzt wussten sie, dass ihr Sohn auf einem anderen Planeten lebte als sie, dass er sich andere Eltern wünschte und tatsächlich all die Dinge machte, die sie befürchtet hatten.

Die ganze Vorstellung war so grauenhaft, dass sie mich nicht mehr losließ. Wurde mein Vater Alkoholiker? Hatte meine Mutter immer ein zerknülltes Taschentuch in der Hand, weil sie alle paar Minuten in Tränen ausbrach? Wurden sie religiös? Dann hatte ich keine Lust mehr, mir die Zukunft meiner Eltern vorzustellen. Ich dachte lieber an Fiona und mich. Hatten wir Kinder? Einen Hund hatten wir auf jeden Fall. Er liebte es, am Bug des Bootes zu liegen und jeden anzukläffen, der es

wagte, uns auch nur anzusehen. Einen Namen hatte der Hund keinen, noch nicht. Ich spielte Gitarre und trat mit meinen Songs in ein paar Pubs auf. Wahrscheinlich nahm ich sogar eine Live-CD auf, aber nur eine. Ich war Kult. Es gab keine einzige Fotografie von mir. Von Fiona auch nicht. Wir tauchten aus dem Nichts auf, ich spielte meine Songs, dann lösten wir uns wieder in Luft auf. Wir trugen altmodische Sonnenbrillen. Meine Stimme war so tief, dass sie jedem Schauer über den Rücken jagte, der sie hörte, sogar mir selbst. Das Paar, das auf dem Boot lebt. Ziemlich sicher schrieb ich auch ein Buch. Ich würde es ganz schlicht »Leben auf dem Boot« oder »Schattenparadies« nennen, aber mein Verleger verlangte einen dramatischen Buchtitel wie »Geliebt, gejagt, geächtet!« oder »Das Liebespaar, das aus dem Wasser kam« oder »Der unbarmherzige Rächer mit der Gitarre« oder »Sie nahmen nichts und gaben alles«.
Aber eigentlich war das ganz falsch. Wir lagen ja gar nicht in der Kabine eines Bootes. Fiona und ich waren seit zehn Jahren verheiratet. Das hier war das Schlafzimmer unserer Mietwohnung, die aussah wie eine dieser Wohnungen, in denen ich nie, nie wohnen wollte, das hatte ich mir geschworen. Wenn ich mich nach vorne beugte, um nach dem Cognac-Schwenker auf dem Rauchtischchen zu greifen, merkte ich, dass ich einen kleinen Bauch hatte. An der Wand hingen

furchtbare Kunstdrucke. Wir hörten GENESIS, MODERN TALKING und andere Verbrechen auf Schallplatten. Und die Haare, die ich mir alle paar Wochen tönen ließ, verlor ich auch! Ich war mindestens vierzig! Das Leben war vorbei. Ich rauchte heimlich auf dem Balkon! Ich hatte einen Weinkeller! Eine Kaffeemaschine, die ich unseren seltenen Gästen vorführte! Ich sammelte Bierdeckel aus aller Welt! Zündholzschachteln! Ich war ein alter Mann!
Diese Vorstellung war so absurd, dass ich laut herauslachte und den Schluckauf bekam. Für einen Augenblick war ich unsicher, ob wir nicht vielleicht tatsächlich im Schlafzimmer einer Mietwohnung lagen. Ich musste mich aufsetzen, um mich zu vergewissern. Fiona schmatzte. Nach ein paar Minuten hatte ich mich beruhigt und ließ mich auf den Rücken sinken. Fiona schmiegte sich an mich, legte mir ihren Arm über die Brust.
Mir war schlecht. Ließ ich die Augen zu lange zu, musste ich mich garantiert übergeben. Ich röchelte und jammerte. Aber Fiona schlief weiter. Sie murrte im Schlaf und steckte mir ihre eiskalten Füße zwischen die Beine. Wellen schlugen gegen den Rumpf, schaukelten das Boot wie eine Wiege. Schaukelten es auf und nieder, auf und nieder, hin und her und hin und her …

ZWÖLF

Das Licht war grau und erinnerte mich an langweilige Wintersonntage. Ich begriff nicht sofort, was mich geweckt hatte: Fiona stand am Waschbecken und übergab sich. Es war so kalt, dass ich meinen Atem sehen konnte.

»Ist dir schlecht?«, fragte ich wie der letzte Idiot.

»Geht schon«, sagte Fiona.

Sie klatschte sich Wasser ins Gesicht, danach spülte sie das Waschbecken sauber. Ich hatte Kopfschmerzen. Fiona war barfuß. Sie sah mich an, als könnte sie sich nicht an mich erinnern. Ihre Augenschminke war verschmiert, ihre Haut weiß.

»Wir müssen weiter«, sagte sie, schob den Vorhang beiseite und sah aus dem Fenster.

»Es ist doch erst acht.«

»Das ist zu früh. Stimmt. Viel zu früh. Hast du auch einen Kater?«

Ich nickte und verkroch mich wieder unter dem Deckenberg. Ich wollte, dass sie sich neben mich legte, ohne dass ich sie dazu aufforderte. Sie öffnete die Toilettentür und ließ sich auf die Schüssel fallen.

»Schläfst du?«, rief sie.

»Nein.«

Fiona machte die Tür zu und fing an, laut und falsch zu pfeifen. Sie wollte nicht, dass ich ihre Toilettengeräusche hörte. Das verstand ich sehr gut. Es dauerte mehrere Minuten, bis sie zurückkam. Sie setzte sich aufs Bett, ohne etwas zu sagen und ohne mich zu berühren. Nach einer Ewigkeit ließ sie sich nach hinten sinken. Ihr Kopf lag auf meiner Brust. Sie hatte die Augen geschlossen.

»Besser?«, fragte ich.

Fiona kroch wortlos unter die Decken. Sie zitterte und ich legte die Arme um sie. Regen prasselte auf das Dach der Kabine. Ich musste an die Sachen in meinem Seesack denken, dann fiel mir die Fotografie über dem Telefon im Haus ihrer Mutter ein, auf der Fiona einen Gipsarm hatte.

»Wie hast du dir eigentlich den Arm gebrochen?«, fragte ich.
»Den Arm?«
»Auf dem Bild über dem Telefon. Das jetzt nicht mehr dort hängt.«
»Ach so«, sagte sie.
»Warum hast du ihn gebrochen?«
»Weil ich eine Mathearbeit nicht schreiben wollte«, sagte sie.
Ich strich ihr die nassen Haarsträhnen aus dem Gesicht und wartete, dass sie weitererzählte. Sie hatte sich im Bad die Augen neu geschminkt.
»Conor hat ihn mir gebrochen.«
»Quatschkopf«, sagte ich.
»Ich hab den Arm ins offene Garagentor gehalten und Conor hat es zugeknallt.«
»Wegen einer Mathearbeit?«, fragte ich ungläubig.
»Ich wäre nicht versetzt worden. Und darauf hatte ich keine Lust.«
»Das glaub ich dir nicht«, sagte ich.
Fiona schnaubte verächtlich durch die Nase und wollte sich von mir losmachen, aber ich hielt sie fest.
»Du hast dir den Arm wirklich selbst gebrochen?«
»Conor hat das Tor zugeknallt. Nicht ich.«
»Weil du ihn darum gebeten hast.«
»Na und? Hättest du es etwa nicht getan, wenn dich dein Bruder darum gebeten hätte?«

»Spinnst du?«
»Ja oder nein.«
»Weiß nicht«, sagte ich.
»Und was würdest du machen, wenn ich dich darum bitten würde?«
»Wegen einer Mathearbeit?«, fragte ich.
»Ist doch scheißegal, weshalb. Würdest du es machen?«
»Weiß nicht«, sagte ich und ließ sie los.
Fiona stand auf und nahm die zerdrückte Zigarettenschachtel aus ihrer Jackentasche. Sie zündete sich eine an und legte sich neben mich.
»Ich würd es machen«, sagte sie.
»Und das nennt man dann Liebe oder was?«
»Logisch«, sagte sie, »oder Vertrauen. Wie du willst.«
»Ich will aber gar nicht, dass du mir den Arm brichst«, sagte ich.
»Aber ich mache es. Du brauchst mich nur zu fragen.«
»Hat es sich wenigstens gelohnt? Bist du versetzt worden?«
»Logisch bin ich versetzt worden.«
Wir lagen schweigend nebeneinander auf dem Rücken. Fiona nahm tiefe Züge und blies den Rauch kerzengerade in die Höhe.
»Willst du auch?«, fragte sie.
Ich nickte, und sie schob mir die Zigarette zwischen die Lippen. Ihre Finger rochen nach Seife. Ich musste hus-

ten. Es war, als hätte mir jemand eine Hand voll Nägel in den Hals gestreut.

»Ist dir immer noch schlecht?«, fragte ich.

»Wir haben ganz schön viel getrunken, nicht?«, antwortete sie.

Sie strich mir mit der Hand übers Gesicht. Ich fasste ihr unters Kinn, um ihr einen flüchtigen Kuss zu geben, doch sobald sich unsere Lippen berührten, steckte sie mir die Zunge in den Mund. Sie bewegte sie unglaublich schnell hin und her, und ich sah ein kleines flinkes Tier vor mir, das in einem Raum gefangen war und aufgeregt von einer Ecke in die andere flüchtete.

»Ich will aber nicht mit dir schlafen«, sagte Fiona. »Nicht jetzt, mein ich«, fügte sie hinzu und griff mir zwischen die Beine.

»In Ordnung«, sagte ich.

»Später schon.«

»Ist in Ordnung. Wirklich. Wohin wollen wir eigentlich?«

»Warst du schon mal in Dublin?«, fragte sie und nahm ihre Hand weg.

»War ich nicht. Aber das weißt du doch genau.«

»Und was hältst du davon, wenn wir nach Dublin weiterfahren?«

»Hört sich gut an«, log ich.

»Gut. Bist du auch so müde wie ich?«

»Todmüde«, sagte ich.

»Wir müssen ja nicht sofort weiter.«
»Wir bleiben einfach liegen, genau«, sagte ich.
»Wie ein Ehepaar, das eigentlich zur Arbeit müsste, aber einfach keine Lust hat.«
Sie machte die Augen zu. Sonne fiel auf das Bett und Fionas Hand, die auf den Decken lag. Die Hand sah unglaublich blass aus. Die Nägel waren abgekaut. Ich hörte, wie sich Fionas Atem veränderte, und wusste, dass sie eingeschlafen war. Die Sonne verschwand auf einen Schlag, ging aus wie ein Scheinwerfer, den jemand abdreht. Ich legte Fiona meine Hand auf die Stirn. Die Stirn war heiß. Als würde etwas in ihrem Kopf brennen.

Etwa drei Wochen nach Alex' Tod ist meine Mutter eines Tages einfach nicht zur Arbeit gegangen. Sie hat mich wie immer für die Schule geweckt, aber als ich in die Küche kam, stand unser Frühstück nicht auf dem Tisch. Sie arbeitete damals halbtags als Verkäuferin in einer Papeterie, und wir gingen morgens zusammen aus dem Haus. An jenem Tag habe ich ein paar Minuten auf meine Mutter gewartet, dann habe ich mir das Frühstück selbst gemacht: Ich wärmte Milch, strich mir ein Honigbrot und aß ein Joghurt. Es war halb acht, und die Tür zum Schlafzimmer war immer noch geschlossen. Sonst saß sie um diese Zeit fertig angezogen am Tisch und nervte mich mit Fragen nach den Haus-

arbeiten. Ich klopfte an die Schlafzimmertür und öffnete sie. Meine Mutter lag im Bett, aber sie schlief nicht. Die Gardinen waren geschlossen, es brannte kein Licht. Ich blieb in der Tür stehen, bis sie sich aufsetzte und mich ansah.
»Ich bleibe heute zu Hause«, sagte sie, »das macht dir doch nichts aus?«
Ihre Kleider lagen ordentlich auf der Kommode. Ich machte einen Schritt auf das Bett zu, blieb aber in sicherer Entfernung stehen. Ich durfte ihr nicht zu nahe kommen, davon war ich damals überzeugt. Als hätte sie eine ansteckende Krankheit gehabt.
»Ich bin nur ein bisschen müde, das ist alles«, sagte sie.
»Muss ich trotzdem zur Schule?«, fragte ich.
»Sei nicht kindisch. Natürlich gehst du zur Schule. Mach dir um mich keine Sorgen.«
Plötzlich hatte ich Mitleid mit ihr. Ich sah, dass sie geweint hatte. Auf dem Boden lagen mehrere zusammengeknüllte Papiertaschentücher. Sie schniefte.
»Soll ich dir Kaffee machen?«, fragte ich.
»Das ist nett. Aber du musst dich beeilen.«
»Soll ich nicht bei dir bleiben?«
»Ich bin nur erschöpft«, sagte sie, »und jetzt geh schon.«
Ich glaube nicht, dass Vater Bescheid wusste. Ich habe es ihm jedenfalls nicht erzählt. Am nächsten Morgen weckte mich meine Mutter zur gewohnten Zeit, und auch das Frühstück stand auf dem Tisch. Aber sie war

nicht angezogen. Sie trug ihren Bademantel und Schlappen, aß keinen Bissen und umklammerte die Kaffeetasse mit beiden Händen. Ich brachte es nicht fertig, sie anzusehen.
»Morgen geh ich wieder zur Arbeit«, versprach sie.
Ich nickte. Aber ich sah sie nach wie vor nicht an. Ich konnte nicht. Mein Mitleid hatte sich in Abscheu verwandelt. Warum ließ sie sich gehen? War sie etwa nicht schuldig am Tod meines Bruders? Im Gegensatz zu mir hatte sie nicht das Recht, traurig zu sein. Die Trauer um Alex gehörte mir, mir ganz allein.
Am nächsten Tag ist meine Mutter wieder zur Arbeit gegangen. Wir haben nie über diese Sache geredet. Aber in gewissen Momenten sah ich meiner Mutter an, dass sie sich deswegen schämte. Und dass sie dankbar war, dass ich Vater nichts davon erzählt hatte.

Der Mann, der vor mir an der Theke lehnte, war etwa siebzig. Seine Gummistiefel waren von einer Schlammkruste bedeckt. Vor der Tür des Take-Away stand ein Traktor. Auf dem Fahrersitz hockte ein Hund, der zusah, wie der Alte eine Portion Pommes und Würstchen kaufte.
Fiona wartete an der Busstation auf mich. Wir wurden mittlerweile bestimmt gesucht, darum war es besser, wenn man uns nicht allzu oft zusammen sah. Wir hatten den ganzen Tag geschlafen und waren erst bei Ein-

bruch der Dunkelheit aus dem Boot gekrochen. Während ich mich um das Essen kümmerte, sollte Fiona herausfinden, wann der nächste Bus nach Dublin fuhr. Wir würden getrennt einsteigen und reisen, als hätten wir nichts miteinander zu tun. Ich kaufte vier Cheeseburger, eine große Portion Pommes mit Ketchup und zwei Colas. Die Verkäuferin hatte dunkle Augenringe und setzte sich immer wieder auf einen Stuhl, um kurz aus einem Kaffeebecher zu trinken.

Als ich auf die Straße trat, saß der Alte am Steuer des Traktors und aß die Pommes. Sein Hund kauerte auf dem Gehsteig vor den Würstchen und musterte mich misstrauisch. Es nieselte. Die Pubs waren geschlossen, die Straßen leer. Ich begegnete niemandem. Ich hätte am liebsten in einen der Cheeseburger gebissen. Die Tüten waren warm und ich beeilte mich.

Fiona saß unter dem Dach der Busstation. Sie sah aus wie jemand, um den man sich Sorgen machen muss. Klein, blass, verkatert und allein.

»Der nächste Bus fährt erst um acht«, sagte sie.

»In vier Stunden!«

»Dann fahren wir eben per Anhalter weiter.«

»Aber zuerst wird gegessen«, sagte ich.

»Logisch wird zuerst gegessen.«

Ich riss die Tüten auf und breitete das Essen auf der Bank aus. Die Burger schmeckten großartig. Wir aßen nicht, wir fraßen. Schweigend, gierig. Natürlich hatten wir zu wenig Ketchup. Das letzte Pommes frites teilten wir uns. Dann rauchten wir eine Zigarette. Es waren kaum Autos unterwegs. Der Regen war in Schneeregen übergegangen, aber der Schnee blieb zum Glück nicht liegen.

»Wie viel Geld hast du eigentlich noch?«, fragte Fiona.

»Siebzig Pfund und die fünfzig Schweizer Franken. Und du?«

»Die dreißig Pfund meiner Mutter. Aber in Dublin mach ich mein Konto leer«, sagte sie.

»Dann schwimmen wir ja bald im Geld.«

»Es sind bloß dreihundert Pfund. Wollen wir los?«

»Bei dem Scheißwetter?«

»Dann haben sie Mitleid. Das ist perfekt.«

»Aber nicht getrennt«, sagte ich.

»Es ist sicherer.«

»Scheiße! Ich war doch noch nie in Dublin. Wir finden uns nie! Wir verpassen uns todsicher.«

»Also gut«, sagte Fiona und stand auf, »ich will ja auch nicht allein weiter.«

Wir gingen ein Stück aus Carrick-on-Shannon hinaus und stellten uns unter einen kahlen Baum am Straßenrand. Es dauerte fast zehn Minuten, bis das erste Auto kam. Es fuhr an uns vorbei, dann stieg der Fahrer auf die Bremse und hielt an. Doch als wir uns in Bewegung setzten, überlegte er es sich anders und fuhr hupend los. Der Schneeregen durchnässte uns bis auf die Haut.

Grauenhaft. Mein Gesicht fühlte sich an, als sei es aus Glas, meine Hände waren klamm.

Der zweite Wagen, der Richtung Dublin fuhr, war ein Sattelschlepper mit Donegal-Kennzeichen. Er hielt mit fauchenden Bremsen neben uns an. Der Laster war dekoriert wie ein Weihnachtsbaum. Um die ganze Fahrerkabine liefen flackernde Lichter und auf dem Armaturenbrett standen blinkende Glühbirnen in Form eines Rentieres. Der Fahrer stieß die Beifahrertür auf und lehnte sich aus seinem Transporter.

»Steigt ein«, rief er.

Weil ich nicht wollte, dass Fiona neben dem Mann saß, kletterte ich zuerst in die Kabine. Kaum hatte sie die schwere Tür zugeknallt, fuhr der Mann los, ohne ein Wort zu sagen. Er war um die vierzig, groß und dünn und hatte Koteletten, deren Spitzen fast bis zu den Mundwinkeln reichten. In der Kabine stank es furchtbar nach Fisch. Der Vorhang zur Schlafkoje stand offen, auch dort waren mehrere blinkende Lichtergirlanden aufgespannt.

»Auf Hochzeitsreise?«, fragte der Mann und sah mich grinsend an.

»Sie ist meine kleine Schwester«, sagte ich.

Sein Gesicht war über und über mit kraterförmigen Aknenarben bedeckt. Er trug eine abgeschabte rote Lederjacke.

»Schade«, sagte er, »ihr seht aus wie das perfekte Liebespaar. Im Schrank hinter euch hat es Handtücher. Seid ja völlig nass. Bedient euch.«

Fiona kletterte in die Schlafkoje, um ein Handtuch aus einem Schrank zu holen, in dem Kleider, Lebensmittelpackungen und Dosen gestapelt waren. Über der Windschutzscheibe war ein winziger Fernseher angebracht, in einem Regal hinter uns standen dutzende von CDs. Wir saßen hoch über der Straße und das Armaturenbrett erinnerte mich an das Cockpit eines Flugzeuges. Der Mann schaltete sich mit Zwischengas durch mehrere Gänge, bis wir so schnell waren, dass ich wirklich das Gefühl hatte, über die dunkle Straße zu fliegen.

»Wohin fahren Sie?«, fragte Fiona.

»Barcelona. Was ich fahre, könnt ihr euch ja denken.«

»Haben die Spanier keinen Fisch?«, fragte ich.

»Nein«, sagte er, »die Kerle kommen mit ihren Booten ja bis zu uns, um uns den Fisch wegzuschnappen. Wo wollt ihr hin?«

»Dublin«, sagte ich.

»Schon mal in Spanien gewesen?«, fragte er.

Fiona schüttelte den Kopf. Wir sahen uns an. Ich wusste genau, was sie dachte. Nein. Ich wollte nicht nach Spanien. Nicht jetzt. Nicht in diesem Sattelschlepper. Wir hatten schon genug Schwierigkeiten. Wir fuhren nach Dublin. Und nicht nach Barcelona. *Ich* fuhr nach Dublin. Und Fiona? Sie schüttelte noch einmal den Kopf und boxte mich dann leicht gegen die Schulter.

»Wir wollen nicht nach Spanien«, sagte sie.
»Cola?«, fragte der Mann und wies mit dem Kinn zur Schlafkoje, wo ein kleiner Kühlschrank an die Wand geschraubt war.
»Gerne«, sagte ich, »wollen Sie auch eine?«
»Gib mir ein Lager. Ich heiße Frank«, sagte er.
»Patrick und Fiona«, sagte Fiona.
Ich nahm zwei Dosen Cola und ein Bier aus dem Kühlschrank. Wir tranken und starrten schweigend auf die Fahrbahn, die in den Wasserschleiern eines Trucks, der vor uns herfuhr, fast nicht zu erkennen war. Schließlich überholte Frank den anderen Lastzug. Für ein paar quälend lange Sekunden war die Welt vor der Windschutzscheibe ausgelöscht. Ich kam mir vor, als würden wir durch eine finstere Waschanlage rasen. Frank saß völlig entspannt am Steuer und nahm einen Schluck Bier.
»Schleicherei, verdammte«, zischte er und zog den Sattelschlepper auf die linke Spur zurück.
Jamestown. Drumsna. Aghamore. Dromod. Die Ortschaften waren menschenleer, öde. Nur in wenigen Häusern brannte Licht. Als seien sie fluchtartig verlassen worden, weil irgendeine Katastrophe im Anzug war, von der wir nichts wussten. In Roosky fuhren wir ein Stück den Shannon entlang. Im Hafen lagen mehrere Boote hintereinander, in einer Kabine brannte Licht, was mich natürlich sofort an die kurze Zeit in unserem Boot erinnerte. Frank zerknüllte die leere

Bierdose und stopfte sie sorgfältig in eine Plastiktüte, die an einem Haken hinter ihm hing. Er kratzte sich am Kopf und sah auf seine Armbanduhr.

»Gib mir mal eine CD rüber«, sagte er zu Fiona.

»Welche?«, fragte sie.

»Egal. Sind alle gut.«

Fiona reichte ihm eine der CDs aus dem Regal. Er legte sie ein und gab mir die leere Hülle. Der Mann auf dem Coverfoto sah aus wie der Leibhaftige. Er blickte finster in die Kamera, hatte einen langen schwarzen Mantel an, war von zwei Hunden flankiert und stützte sich mit beiden Händen auf einen Gitarrenkoffer. JOHNNY CASH. Ich kann Country nicht ausstehen. Mein Vater hat eine Weile lang nichts anderes gehört. Er hat sich sogar ein Paar Cowboystiefel zugelegt. Aber da es ihm zu peinlich war, sie in der Öffentlichkeit zu tragen, ist er mit ihnen nur durch die Wohnung stolziert, während er uns mit irgendwelchen Country-Songs quälte. Eines Sonntags hat Vater dann doch den Mumm gehabt, der Welt vorzuführen, was für ein Kerl er ist: Wir fuhren mit dem Auto an einen See außerhalb der Stadt. Dort machten wir ein Feuer, brieten Würste und Kartoffeln und schnitzten Pfeilbögen, mit denen Alex und ich heimlich auf Enten schossen. Es war extrem heiß, und wir kühlten uns alle immer wieder im See ab – nur Vater nicht. Dabei sahen wir ihm an, dass er in seinen Stiefeln furchtbar schwitzte. Dass er sie nicht mehr ausziehen konnte, war uns nicht klar. Das begriffen wir erst abends, als sich die ganze Familie in der Küche versammelte, um Vater aus seinen Stiefeln zu helfen. »Wir könnten sie mit der Geflügelschere aufschneiden«, hat Alex vorgeschlagen. Es dauerte beinahe eine Stunde, bis seine Füße von den Dingern befreit waren. Danach sind die Stiefel im Keller gelandet. Kurz darauf hat Vater aufgehört, Country zu hören, und ist wieder zu seinem Bombastrock aus den Siebzigern zurückgekehrt.

»Gut, was?«, fragte Frank.

»Ich mag Country nicht besonders«, sagte ich.

»Das ist kein Country. Das ist Johnny Cash.«

Er drehte die Lautstärke höher. Ich weiß nicht, woran es lag. Aber die Musik gefiel mir. Sie passte genau zu unserer Lage. Im Rückspiegel sah ich, dass wir eine Wasserfontäne hinter uns herzogen. Die farbigen Lichter der Girlanden flackerten über unsere Gesichter, und wenn ich die Augen zukniff, hatte ich tatsächlich den Eindruck, das Rentier ziehe seinen Schlitten immer und immer wieder über das Armaturenbrett. Einmal schaltete Frank den Sprechfunk ein und unterhielt sich mit einem anderen Fahrer über das Wetter und eine Fernsehshow, die ich nicht kannte.

Hinter Longford schlief Fiona ein. Frank drehte die Musik leiser. Der Schneeregen hatte aufgehört. Auf Nebenstraßen glitten Scheinwerfer anderer Autos durch

die Dunkelheit. Fionas Kopf lag an meiner Schulter. In Kurven rutschte er nach vorn und ich schob ihn wieder zurück.
»Wie lange fahren Sie schon?«, fragte ich.
Manchmal habe ich das Gefühl, dass die Leute erwarten, dass man sich mit ihnen unterhält. Dass man sich für ihr Leben interessiert. Frank sah mich belustigt an.
»Sieben Jahre«, sagte er.
»Und davor?«
»Fischfabrik in Killybegs. Gib mir mal 'ne andere CD.«
Es war nicht einfach, eine CD aus dem Regal zu nehmen, ohne dass Fiona erwachte. Auf dem Cover war die farbige Zeichnung eines Herzens, das von einem Pfeil durchbohrt wird: STEVE EARLE. *El Corazón*. Wir fuhren an einem Hund vorbei, der einsam im Licht eines Pubs saß und uns nachsah.
»Hübsches Mädchen, deine Freundin«, sagte Frank, »pass gut auf sie auf, hörst du?«
»Fiona ist meine Schwester«, sagte ich.
»Logisch. Und ich bin der Weihnachtsmann.«
Er wusste, dass wir abgehauen waren. Garantiert. Und trotzdem stellte er keine Fragen. Sollten wir nicht doch mit ihm nach Barcelona fahren? Blödsinn. Ich wollte nicht nach Spanien. Aber wollte ich etwa nach Dublin? Eigentlich wusste ich nur eines ganz genau: dass ich mit Fiona zusammen sein wollte.
»Lasst euch nicht erwischen«, sagte Frank.

»Was? Wie erwischen?«

»Ich bin selber ein paar Mal getürmt. Früher. Einmal hab ich's bis nach Paris geschafft. War aber nix. Ich kann's nicht mit den Franzosen. Und mit den Französinnen auch nicht.«

»Sie hat Probleme mit ihrer Mutter«, sagte ich.

»Das haben wir alle!«

Erst jetzt bemerkte ich das Polaroidfoto, das auf Franks Seite am Armaturenbrett klebte: Frank hielt darauf eine Frau im Arm. Sie machte das Victory-Zeichen und lachte mit offenem Mund. Ihre Lippen waren geschminkt, ihre Fingernägel lackiert, ihre Zähne schlecht. Die Frau hatte schwarze Locken und sah gut aus. Sie war jünger als Frank. Auf dem Bild hatte er längere Haare und einen buschigen Schnurrbart.

»War mal verheiratet«, sagte er.

»Und jetzt?«

»Bin ich geschieden. Der Job hier ist nix für eine Ehe. Bin viel zu oft weg. Eigentlich immer.«

Danach schwiegen wir. Die CD von Steve Earle gefiel mir. Sie veränderte die Landschaft. Verwandelte finstere Wiesen in finstere Steppe, angedeutete Felder in angedeutete Wüste, Bäume in Palmen und Kakteen. Ich kam mir vor wie in einem amerikanischen Film. Wir transportierten keinen Fisch, wir fuhren Rinderhälften durch die texanische Nacht. Aber dann sah ich wieder meinen Vater vor mir: Er stiefelte durch die

Wohnung und sang lauthals eine grauenhafte Country-schnulze mit. Fehlten nur noch Sporen und Cowboy-hut.
Fiona erwachte auf der Autobahn kurz vor Dublin. Der Himmel über der Stadt war hell von all den Lichtern. Sie rieb sich die Augen und setzte sich aufrecht hin.
»Bin eingenickt«, sagte sie.
Die letzte Stunde hatten wir keine Musik gehört. Ich hatte Frank von der Schweiz erzählt, und er hatte mir die Raststätte vor dem Gotthardtunnel beschrieben, in der er immer ein paniertes Schnitzel mit Bratkartoffeln aß, wenn er auf dem Weg nach Italien war.
Fiona gähnte und machte mich auf eine beleuchtete Steinsäule aufmerksam, die aus hohen Bäumen ragte.
»Der Phoenix-Park«, erklärte sie, »der größte Park Europas.«
Der Verkehr war jetzt dichter. Bald standen wir in einem Stau und bewegten uns nur noch im Schritttempo vorwärts. Fiona war aufgeregt und konnte nicht mehr still sitzen. Sie kurbelte das Fenster nach unten, lehnte sich hinaus und deutete begeistert auf irgendwelche Gebäude, an denen wir vorbeikrochen. Schließlich fuhren wir über die Liffey, die ich aus Reiseführern kannte. Das Wasser des Flusses war trübe und hatte die Farbe von Tinte. Lag das an der Dunkelheit? Oder war das immer so? Die Straße führte am Ufer entlang in die Innenstadt. Wir kamen an der *Ha'Penny*

Bridge vorbei, die ich ebenfalls von Fotos kannte und die im Licht mehrerer Scheinwerfer glänzte.

»Ich fahr zum Hafen. Wo soll ich euch rauslassen?«, fragte Frank.

»Bei der *O'Connell Bridge*«, sagte Fiona.

»Perfekt«, sagte er, »absolut perfekt.«

Keine dreihundert Meter weiter hielt er vor einem Rotlicht und Fiona stieß die Tür des Sattelschleppers auf.

»Danke«, sagte sie und sah Frank lächelnd an.

»Keine Ursache.«

Fiona sprang auf den Gehsteig. Wind trieb Abfall über die Straße. Frank machte das Radio an und zeigte mit dem Kinn nach vorn, die Ampel sprang auf Grün.

»Vergiss nicht, was ich dir gesagt hab«, sagte er und drückte mir die Schulter.

»Ich werd dran denken«, sagte ich, »gute Fahrt.«

»Keine Sorge. Und gib auf sie Acht.«

Er legte den ersten Gang ein, und ich sprang aus der Fahrerkabine in meine erste Nacht in Dublin.

DREIZEHN

Ich wartete an einem der Fenstertische in der Cafeteria des »Nebraska« auf Fiona. Ich hatte bestimmt zehn Minuten heiß geduscht, aber mir war immer noch kalt. Und zu früh war ich auch. Ich bin immer zu früh, ich kann einfach nicht zu spät kommen. Es war grauenhaft gewesen, nach dem Duschen wieder dieselben Sachen anziehen zu müssen. Meine Hosen waren bis unter die Knie feucht, mein Pulli stank nach Fisch. Natürlich hatte ich an meinen Seesack und meine frischen Sachen gedacht. Stand er mittlerweile in Fionas Zimmer in

Sligo? Lehnte er an ihrem Bett wie das Gepäck eines Matrosen, der nie mehr zurückkommt, weil sein Schiff untergegangen ist?

Das »Nebraska« war eine schäbige Pension, in der es in der Hochsaison bestimmt zuging wie in einem Bienenstock, da es im Zentrum von Dublin lag. Jetzt, am ersten Tag des neuen Jahres, war es ruhig. Mein Zimmer befand sich über der Cafeteria. Sein Fenster ging auf eine düstere Gasse hinaus, in der sich Abfallsäcke stapelten. In dem Zimmer standen zwei Kajütenbetten für vier Personen, aber ich teilte es zum Glück nur mit einem Studenten aus Rom. Er trampte mit seiner Freundin durch Irland.

Fionas Zimmer war zwei Stockwerke höher, unter dem Dach. Sie wohnte mit drei Däninnen zusammen, die offenbar pausenlos kicherten. Fiona hatte ihnen erzählt, dass sie aus Glasgow komme und sich in Dublin an einer Schule bewerbe. Es war ihre Idee gewesen, in der Pension zu übernachten. Sie hatte behauptet, das sei ungefährlich, selbst wenn man in der Zwischenzeit nach uns suche. Trotzdem hatten wir separat eingecheckt. Die Frau an der Rezeption hatte tatsächlich keine Fragen gestellt. Auch unser Alter schien sie nicht zu interessieren. Sie wollte nicht einmal unsere Pässe sehen. Ich wurde den Verdacht nicht los, dass Fiona das »Nebraska« kannte. War sie mit Ronan hier gewesen? Wir hatten beschlossen, nur eine Nacht in der Pension

zu bleiben. Die Zimmer waren billig, aber für die Zukunft mussten wir uns etwas anderes überlegen. Zukunft! Allein das Wort machte mich nervös. Ich weigerte mich, über die Zeit nachzudenken, die vor uns lag. Sobald ich mir vorstellte, was uns erwartete, wurde mir schlecht vor Angst.
Der Kaffee schmeckte nach Spülwasser. Ein Arbeiter versuchte, ein Plastikrohr ins Seitenbrett der Theke einzupassen. Aber das Loch, das er gesägt hatte, war zu klein. Er wühlte in seiner Werkzeugkiste und nahm eine Feile heraus, die fast so lang war wie das Rohr. Der Mann kratzte sich am Kinn, legte die Feile auf die Theke und ging kopfschüttelnd aus der Cafeteria.
Nach dem Tod von Alex hat mein Vater von einem Tag auf den anderen angefangen, sich als Handwerker zu betätigen. Er redete noch weniger als früher. Dafür verzog er sich jede freie Minute in unseren Keller, der schon bald wie die Werkstatt eines richtigen Schreiners aussah. Dabei hat mein Vater zwei linke Hände, wie er früher immer selbst behauptet hat. Er ist tatsächlich ungeschickt. Ein Theoretiker, kein Praktiker. Trotzdem schreinerte er nun wie besessen Gewürzschränkchen, CD-Ständer, Buchstützen in Form von Buchstaben oder Zahlen, Spiegel- und Bilderrahmen mit komplizierten Ornamenten, Schlüsselbrettchen, Kerzenständer, Schemel, Kistchen und Truhen.
Seine Möbel waren nicht nur hässlich, sondern auch

unbrauchbar: Die Buchstützen passten nicht in die Regalwand in unserem Wohnzimmer, weil sie zu hoch waren. Die Schemel wackelten, das Holz der Truhen verzog sich so stark, dass wir ihre Deckel nicht öffnen konnten, und die Türen der Gewürzschränke klemmten. Aber das Schlimmste war, dass uns Vater jedes seiner misslungenen Stücke vorführen wollte. Nach sieben Monaten hatte ich endlich den Mut, ihm zu sagen, was ich von seinen Möbeln hielt: nichts. »Sie sind Schrott«, sagte ich zu ihm. Seit diesem Tag hat er weder mir noch Mutter gezeigt, was er in seiner Werkstatt zusammenschreinert. Ich habe keine Ahnung, was er mit den Möbeln macht, an denen er Tag für Tag mehrere Stunden arbeitet. Verschenkt er sie? Zerlegt er sie, sobald sie fertig sind? Oder hat er längst damit aufgehört? Sitzt im Keller, hört Musik von früher und trinkt? Hockt im Dunkeln und denkt über sein Leben und seine Familie nach? Aber obwohl ich keine Ahnung habe, was Vater in seiner Werkstatt treibt, habe ich nie nachgesehen. Ich bin seit Monaten nicht mehr in unserem Keller gewesen. Dabei weiß ich genau, wo der Schlüssel hängt – nicht etwa an einem der vielen Schlüsselbretter, die Vater gesägt hat, sondern an einem Haken neben der Garderobe. Ich will gar nicht wissen, was er in seiner Werkstatt macht. Was würde ich tun, wenn wirklich alle Werkzeuge und die Werkbank verschwunden wären? Wenn er seit Monaten nur noch im

leeren Keller hocken und grübeln würde? Der Keller ist das Reich meines Vaters, das akzeptiere ich. Ich will schließlich auch, dass er mich in meinem Zimmer in Ruhe lässt.
Ich hob genau in dem Moment den Kopf, als Fiona in der Tür der Cafeteria erschien. Sie blieb stehen und sah sich um. Sie hatte sich die Haare gewaschen und hochgesteckt. Dadurch wirkte ihr Gesicht noch schmaler, ihre Nase noch länger. Sie sah aus wie jemand, der sich mit seinen Sorgen abgefunden hat. Als sie mich bemerkte, hob sie die Hand. Sie biss sich auf die Unterlippe und lächelte mich an. Sie sah umwerfend aus. Ich musste sie einfach anstarren, ich konnte gar nicht anders. Sie blies sich eine Haarsträhne aus dem Gesicht und winkte ungeduldig. Bestimmt grinste ich wie einer, der den Verstand verloren hat. Ich stellte die Tasse auf den Tisch, unfähig, die Augen von Fiona zu lassen oder mich zu bewegen. Dann gab sie sich einen Ruck und kam schnell durch das Café an meinen Tisch.
»Mir gefällt's hier nicht«, sagte sie.
»Das ›Nebraska‹ war doch deine Idee.«
»Ich meine das Café. Nicht die Pension. Es ist ...«
»Muffig«, fiel ich ihr ins Wort.
»Genau.« Sie lachte. »Lass uns abhauen.«

Die Musik war so laut, dass wir sie am anderen Ende der Gasse hören konnten. Fiona ließ meine Hand los und legte den Kopf in den Nacken, als komme die Musik aus dem Himmel und nicht aus der offen stehenden Tür des Klubs. Die Lichter über dem Eingang schimmerten auf dem nassen Asphalt.

»Gehen wir rein?«, fragte sie.

»In ein Blues-Konzert? Spinnst du?«, gab ich verächtlich zurück.

»Manchmal führst du dich wie der letzte Snob auf.«

»Wir haben kein Geld«, sagte ich.

»Logisch haben wir Geld.«

»Aber nicht für eine Blues-Band.«

»Es kostet keinen Eintritt«, sagte sie ruhig.

»Trotzdem«, sagte ich ohne nachzudenken.

Fiona starrte mich fassungslos an. Sie hob die Arme und öffnete den Mund. Aber dann überlegte sie es sich anders.

»Leck mich doch am Arsch«, sagte sie und stürmte auf den Eingang des Klubs zu.

Für einen Augenblick dachte ich daran, einfach wegzugehen. Ich war müde. Hatte genug von ihren Launen und wollte nach Hause. Aber dann sah ich, dass sie zögerte, bevor sie den Klub betrat. Sie spreizte die Finger, als gebe sie mir ein geheimes Zeichen. Dann verschwand sie durch die Tür. Hatte sie mir wirklich einen Blick aus den Augenwinkeln zugeworfen? Ich ließ mindestens eine Minute verstreichen, bevor ich ihr nachging, obwohl ich es kaum fertig brachte, still zu stehen.

Der Klub war fast leer. An der Bar im vorderen Teil lehnten gerade mal zwei Männer, und auch vor der Bühne am hinteren Ende des lang gezogenen Raumes tanzten nur etwa dreißig Leute. Die meisten Tische am Rand der Tanzfläche waren leer. Fiona saß allein an einem Ecktischchen und rauchte. Sie wirkte nicht wütend, sondern niedergeschlagen. Sie hatte mich wahrgenommen, obwohl sie sich nichts anmerken ließ. Die Band war eben mit einem Stück zu Ende. Der Sänger lehnte seine Gitarre gegen die Box und stieg von der Bühne. Die Rückkoppelung klang wie ein metallenes Schwirren, schwer und bedrohlich, das mich an das Pladdern eines Helikopters erinnerte und sich bestimmt eine Minute lang wie eine Woge durch den Raum bewegte. Der Bassist und der Schlagzeuger kamen erst von der Bühne, als nur noch das Brummen der Anlage in der Luft hing. Die Scheinwerfer gingen aus, jetzt hörte ich das Stimmengewirr und das Lachen der anderen Gäste.
»Ich liebe Blues«, sagte ich und setzte mich neben Fiona.
Sie sah mich an, schaute aber sofort wieder weg. Warum küsste sie mich nicht? Sie drückte ihre Zigarette aus und legte beide Hände auf den Tisch. Ich legte meine rechte Hand daneben. Aber wir berührten uns nicht. Lag es an mir, den ersten Schritt zu machen und sie zu küssen?

»Sag nie mehr zu mir, ich soll dich am Arsch lecken«, sagte ich.
»Gut«, sagte Fiona, »aber nur, wenn du aufhörst, dich wie ein Snob zu benehmen.«
»Versprochen. Aber nur, wenn wir nie mehr in ein Blues-Konzert gehen.«
»Du fängst ja schon wieder an«, sagte sie.
Sie war noch nicht bereit, den Streit zu beenden, das sah ich ihr an. Ihre Augen blitzten und sie wartete ungeduldig auf den nächsten Satz von mir, damit sie loslegen konnte.
»Willst du etwas trinken?«, fragte ich.
»Ich dachte, wir sind pleite?«, sagte sie ironisch.
»Ach komm, Fiona.«
»Bier«, sagte sie.
»Das darf er mir doch gar nicht ausschenken«, erwiderte ich und deutete auf den Mann hinter dem Tresen.
»Dir nicht, aber mir«, sagte sie und stand auf.
Ich sah ihr zu, wie sie sich zwischen den Tischen hindurchschlängelte und an den Tresen lehnte. Sie brauchte nicht lange zu warten. Der Barkeeper war zwar in ein Gespräch mit zwei Männern vertieft, drehte sich aber alle paar Sekunden nach ihr um. Schließlich ließ er die beiden einfach stehen. Ich wurde nicht sofort eifersüchtig. Zuerst war ich nämlich beeindruckt, wie sie den Mann um den Finger wickelte. Aber dann legte sie ihm die Hand auf den Arm. Außerdem lachte sie für

meinen Geschmack zu laut und viel zu ausgelassen. Fand sie wirklich witzig, was er ihr ins Ohr flüsterte? Ich hatte ältere Männer, die sich um Mädchen bemühten, schon immer für lächerlich und peinlich gehalten. Als hätten sie plötzlich ihr Alter vergessen und erwachten aus einem tiefen, jahrelangen Schlaf. Der Mann hatte ein schiefes Grinsen. Als sei ein Muskel in seiner Wange gelähmt. Er leckte sich die Lippen und sah aus wie ein Idiot. Fiona beugte ihren Kopf so weit nach vorn, dass sich ihre Gesichter fast berührten. In den Augen des Mannes erschien ein harter Glanz. Ich hoffte bloß, dass Fiona ihr Spiel nicht zu weit trieb. Ich hatte überhaupt keine Lust, mich mit dem Kerl anzulegen. Ich hätte viel darum gegeben, zu hören, was sie dem Barkeeper sagte. Er nickte, drehte sich schwungvoll um, griff sich zwei leere Gläser und machte sich am Zapfhahn zu schaffen. Da gingen die Scheinwerfer an und die drei Musiker stiegen auf die Bühne.
Als ich mich wieder dem Tresen zuwandte, steuerte Fiona mit spöttischem Blick auf unser Tischchen zu. Sie hatte zwei volle Gläser Bier in der Hand.

Die Blues-Band war der Hammer, wie ich zugeben musste. Schnell und laut. Trotzdem war ich froh, dass mir niemand, den ich kannte, beim Tanzen zusah. Abgesehen natürlich von Fiona. Immerhin tanzte ich zu Blues und Rock and Roll. Irgendwann ertappte ich

mich sogar dabei, dass ich zu den Gitarrensolos Luftgitarre spielte. Mein Vater hätte sich über mich gefreut. Er liebt Blues. Und er liebt es, Luftgitarre zu spielen, ich habe ihn mehrmals heimlich dabei beobachtet.
Die Tanzfläche war gerammelt voll. Manchmal verlor ich Fiona kurz aus den Augen. Dann tauchten ihre roten Haare plötzlich ein paar Meter entfernt auf, bevor sie wieder in der Menge verschwand. Aber meist tanzten wir dicht nebeneinander. Wir berührten uns immer wieder. Sie fuhr mir durch meine kurzen Haare, kniff mich in die Seite, drückte sich für einen Augenblick an mich. Ich küsste sie mitten in einer Bewegung auf die Stirn, die nackten, verschwitzten Arme, den Mund. Der Zigarettenqualm über unseren Köpfen sah aus wie eine Wolke in einem Zeichentrickfilm. Natürlich dachte ich daran, wie wir uns kennen gelernt hatten. Sah sie wieder alleine am Rand der Tanzfläche des »Planet Mars« in Bundoran stehen. Selbstsicher, aber irgendwie verloren. In ihren schwarzen Jeans und ihrem bauchfreien roten Top. Hatte wieder den Zimtgeruch in der Nase, wie damals, als ich zum ersten Mal mein Gesicht in ihre Haare presste. Und natürlich erinnerte ich mich auch an den ersten Satz, den sie zu mir gesagt hatte: »Fiona. Bist du Deutscher?« Ich erinnere mich immer an den ersten Satz, den Leute zu mir sagen. Allerdings nur, wenn mir die Leute etwas bedeu-

ten. Ich mache keine allzu große Sache daraus. Aber ich glaube, dass der erste Satz viel über jemanden verrät. Jan »Doghead« Bauer hat zum Beispiel als Erstes: »Du hast doch nicht etwa Angst?« gesagt. Damit wusste ich, dass Angst in seinem Leben eine wichtige Rolle spielt. Es gibt fast nichts, vor dem Jan sich nicht fürchtet. Dass ich mich nicht mehr an den allerersten Satz von Alex erinnern kann, macht mich manchmal fast wahnsinnig. Andererseits ist mir klar, dass es sozusagen unmöglich ist, sich an den ersten Satz eines kleinen Kindes zu erinnern. Immerhin hat Alex die ersten Jahre nichts als unverständlichen Unsinn geredet. Genau wie wir alle früher. Aber warum kann ich mich dann nicht wenigstens an den ersten vernünftigen Satz von Alex erinnern? Weil er tot ist? Weil er diesen ersten Satz mitgenommen hat? Mitgenommen wohin?

Kurz nach Mitternacht spielte die Band das letzte Stück. Ich erkannte es schon nach den ersten Tönen: *»Samba Pa Ti«*. Ich legte die Arme um Fiona und zog sie an mich. Wir drehten uns langsam im Kreis. Meine Eltern haben *»Samba Pa Ti«* von SANTANA so oft gespielt, dass ich sie eines Tages einfach fragen musste, was es damit auf sich hat. Da hat mir meine Mutter erzählt, wie sie sich 1981 bei einem SANTANA-Konzert in Zürich kennen lernten. Inzwischen habe ich die Geschichte schon so oft gehört, dass ich sie auswendig weiß. Meine Eltern erzählen sie gerne, es verwandelt sie in das Liebespaar zurück, das sie damals gewesen sind. Wenn ich will, dass sie sich gut fühlen und vergessen, dass sie verbittert sind, brauche ich sie bloß zu fragen, wie sie sich kennen gelernt haben. Gegen Schluss ihrer Geschichte führen wir seit einiger Zeit jedes Mal genau denselben Dialog: »Als Zugabe spielten SANTANA ›*Samba Pa Ti*‹, und da haben wir uns das erste Mal geküsst«, sagt mein Vater. Worauf ich feststelle: »Dann war es also Liebe auf den ersten Blick.« – »Was?«, entgegnet Mutter, wobei sie sich Mühe gibt, entrüstet zu klingen. – »Na, ihr lernt euch kennen und küsst euch sofort. Ist das etwa nicht Liebe auf den ersten Blick?«, sage ich. – »Bei der Zugabe«, erklärt mein Vater, »erst bei der Zugabe.« Natürlich wissen meine Eltern, dass ich sie auf den Arm nehme, aber sie spielen trotzdem jedes Mal mit.

Zum Glück zog die Band das Stück von SANTANA unglaublich in die Länge. Man hörte, dass es dem Gitarristen gefiel, uns Schauer über den Rücken zu jagen. Ich hätte mich noch sehr, sehr lange im Kreis drehen können, das Gesicht in Fionas Haaren verborgen. Ich spürte ihre Nase an meiner Brust. Aber schließlich war der Song zu Ende. Wir blieben noch eine Weile stehen, ohne uns von der Stelle zu rühren. Das Bühnenlicht wurde gelöscht, die Band ging zur Bar hinüber. Bestimmt nahmen sie dort einen letzten Drink.

»Wär toll, wenn wir uns jetzt in unser eigenes Apartment verziehen könnten«, sagte Fiona, ohne mich loszulassen.

»Im vierten Stock, winzig klein, aber mit Blick auf einen Park«, sagte ich.

»Und auf die Liffey.«

»Mit Blick auf den Fluss, genau. Wir würden uns die Wiederholung einer Soap ansehen …«

»Auf unserem Ledersofa«, unterbrach mich Fiona und machte sich schmunzelnd von mir los.

»Ich würde dir in unserer Kochnische eine heiße Milch mit Honig machen.«

»Ich kann Milch nicht ausstehen«, sagte Fiona und legte beide Arme um mich; aber als ich sie an mich ziehen wollte, wehrte sie sich.

»Wenn wir ein Apartment mit Blick auf den Fluss haben, *liebst* du heiße Milch mit Honig.«

»Und du hast einen gestreiften Pyjama an und Hausschuhe.«

»Dunkelbraune«, sagte ich.

»Schokobraun. Aus Leder.«

»Nein, aus Kord. Sie sind furchtbar hässlich.«

»Und du bettelst darum, dass ich dir ein Truthahn-Sandwich mache«, sagte Fiona.

»Truthahn mit Senf. Wie jede Nacht.«

»Wie sieht es eigentlich mit unserem Sexleben aus?«

»In unserem Apartment?«, fragte ich vorsichtig.

Fiona nickte. Mittlerweile waren wir alleine auf der

Tanzfläche. Ein Mann kehrte den Boden. Er ging mit einem breiten Besen an uns vorbei und wir traten zur Seite.

»Gut«, sagte ich, »phänomenal gut. Übrigens haben wir vergessen, die Babysitterin zu bezahlen. Sie steht im Flur und …«

Fiona erstarrte. Ihr Blick ging mit einem Mal nervös hin und her. Sie steckte beide Hände in die Tasche ihrer Jacke und zog die Schultern hoch.

»Ich möchte nach Hause«, sagte sie.

»Nach Hause ist gut.«

Als sie sich umdrehte, sah ich, dass sich in ihren Haaren eine Papierschlange verheddert hatte. Ich hatte keine Ahnung, woher die kam. Der Barkeeper zwinkerte mir zu, als ich hinter Fiona an ihm vorbeiging. Ich war plötzlich todmüde. Vor dem Klub stand ein Taxi. Aus dem Auspuff kam eine dicke Abgaswolke, die mir im Hals und in den Augen brannte.

»Bist du auch so erledigt?«, fragte Fiona.

»Völlig. Ich komm mir vor wie ein Achtzigjähriger.«

»Wir könnten das Taxi nehmen.«

»Können wir nicht, nein«, sagte ich.

»Und warum nicht?«

Sie ließ die Zigarette, die sie eben erst angesteckt hatte, fallen, als sei sie ihr plötzlich lästig.

»Sei kein Spießer. Morgen heb ich mein Geld ab. Komm schon.«

Fiona machte die hintere Tür des Taxis auf und glitt auf den Rücksitz. Der Fahrer drehte sich nach ihr um und ich stieg schnell ein. Fiona ließ ihren Kopf gegen meine Schultern sinken und atmete laut aus.
»Ins ›Nebraska‹«, sagte sie, nahm meine Hand und legte sie auf ihren Oberschenkel.
Der Fahrer machte das Radio an und fuhr los. Es regnete und die Lichter warfen Muster auf unsere Gesichter.

VIERZEHN

Ich begleitete Fiona bis vor ihre Zimmertür. Sie wollte, dass ich sie küsste, und ich drückte sie an die Wand und küsste sie.

»An was denkst du?«, fragte ich, als wir Pause machten, um wieder zu Atem zu kommen.

»Wenn ich dich küsse, denke ich an gar nichts«, sagte Fiona leise und biss mich sanft ins Kinn.

Natürlich wusste ich, dass das nicht stimmte. Aber es war wohl besser, wenn ich den Mund hielt. Wir machten so lange auf dem Flur herum, bis die drei Däninnen kichernd die Treppe hochkamen. Seltsamerweise war ich erleichtert, als wir auseinander gingen. War froh, in mein eigenes Zimmer zu kommen. Meine Ruhe zu haben. Natürlich hatte ich ein schlechtes Gewissen deswegen. Aber ich war noch nie so lange mit einem Mädchen zusammen gewesen. Es war unangenehm, so viel von einem anderen Menschen zu erfahren und ihm so nahe zu kommen. Aber hatte ich nicht genau davon geträumt? Hörte ein Traum etwa wirklich auf, ein Traum zu sein, wenn er sich erfüllte? Und wie sah Fiona die Sache? Bestimmt gefiel ihr auch nicht alles an mir. Plötzlich kam ich mir unglaublich jung vor. Ich sehnte mich nach meinem Zimmer zu Hause. Meinem Leben mit all seinen Regeln, die mir sonst so auf die Nerven gingen.

Ich öffnete die Tür nur einen Spalt und schlüpfte vorsichtig in den dunklen Raum. Als ich sicher war, dass der andere noch nicht da war, machte ich das Licht an. Das Zimmer war kalt und deprimierend. Der Anblick der Sachen des Italieners gab mir den Rest. Sein Pyjama lag ausgebreitet auf dem oberen Bett am Fenster. Er brauchte bloß hineinzuschlüpfen. Ich hatte nichts. Keinen Pyjama, kein T-Shirt. Nichts. Ich hätte mir wahnsinnig gerne die Zähne geputzt. Ich drehte das Licht ab und legte mich auf die untere Matratze des Kajütenbettes an der Tür. Als ich die Beine hochzog, blieb ich mit dem rechten Fuß an irgendetwas hängen. Ich setzte mich auf und sah, dass ich mich in den Riemen seines Rucksackes verfangen hatte. Der Rucksack war schwer. Voll gestopft mit allen möglichen Sachen.

Natürlich konnte ich nicht einschlafen. Das Licht einer Straßenlampe fiel als Streifen über die gegenüberliegende Wand. Wenn Lastwagen vorbeifuhren, vibrierte die Fensterscheibe.

Die Vergangenheit ist nutzlos, denke ich manchmal. Trotzdem kann ich nicht aufhören, an Alex zu denken. Man kann *mit* der Vergangenheit leben, aber nicht *in* ihr.

Zum Glück kam der Italiener bald zurück und machte dem Grübeln ein Ende. Er trat pfeifend ins Zimmer und drehte das Licht an. Aber als er sah, dass ich schon im Bett lag, machte er es sofort wieder aus. Ich warf mich stöhnend auf die andere Seite. Sollte er doch glauben, dass ich schlafe. Ich wollte nicht mit ihm reden. Er zog sich im Dunkeln aus und schlüpfte in seinen Schlafanzug. Legte die Kleider zusammen und verstaute sie sorgfältig in seiner Tasche. Bevor er sich hinlegte, stand er eine Weile am Fenster und sah nachdenklich auf die Gasse hinunter.

Danach legte er sich ins Bett und schlief sofort ein.

Ich wartete ein paar Minuten, bevor ich aufstand. An der Rezeption brannte zwar Licht, aber sie war unbesetzt. Das Telefon hing am Ende des Flurs im Erdgeschoss. Der Boden war kalt, ich trug keine Schuhe. Ich musste unbedingt mit jemandem aus meinem normalen Leben reden. Für einen Augenblick dachte ich tatsächlich daran, meine frühere Freundin Katja anzurufen. Aber war das nicht Verrat an Fiona? Logisch war es das. Außerdem hatte ich nicht wirklich Lust, mit Katja zu reden. Sie hätte mich sowieso nicht verstanden. Hätte die Situation nur dazu benutzt, um über Fiona herzuziehen und mich daran zu erinnern, dass sie mich von Anfang an vor dem irischen Mädchen gewarnt hatte. Dabei hatte ich keine Probleme mit Fiona. Ich hatte Probleme mit der Situation, in der wir uns befanden. Und ich hatte Probleme mit mir selbst.

Ich warf eine Hand voll Münzen in den Apparat und wählte Jans Nummer. Es klingelte unendlich lange. Irgendwann gab ich es auf, mitzuzählen, ließ es aber unerbittert weiterklingeln. Und schließlich wurde tatsächlich abgehoben.

»Ja?«, fragte Jans Vater.

Seine Stimme klang müde, aber aufgeregt. Er machte sich verständlicherweise Sorgen. Immerhin war es schon nach eins. Zuerst wollte ich einfach auflegen, aber dann fiel mir ein, dass das jetzt auch nichts mehr half. Er hatte das Recht zu erfahren, welcher Spinner ihn aus dem Schlaf gerissen hatte. Ich holte tief Luft.

»Ist Jan da? Vielleicht?«, fragte ich.

»Wer spricht? Hallo? Bist du das, Patrick?«

»Ist Jan ...«

»Weißt du eigentlich, wie spät es ist?«, unterbrach er mich.

»Das ist ein Notfall«, behauptete ich feierlich.

»Ob du weißt, wie spät es ist!«, donnerte er.

»Eins«, sagte ich.

»Zwei! Es ist zehn nach zwei, um präzise zu sein, Patrick! Bist du von allen guten Geistern verlassen oder was?«

»Ich bin in Irland«, sagte ich, als würde das alles erklären.

»Na und?«, schrie er.

»Wir haben eine Stunde früher.«

»Was? Was macht das denn für einen Unterschied?«

Jetzt war er eindeutig wach. Ich sah ihn vor mir: Jans Vater ist ein dicker Mann, der sich schnell aufregt und dabei einen roten Kopf bekommt und mit den Füßen stampft wie ein Kind. Er trägt Wollwesten und raucht Pfeife.

»Das ist ein Notfall«, wiederholte ich.

»Notfall?«, japste er.

»Bitte.«

Er legte das Telefon weg, ohne ein weiteres Wort zu sagen. Ich hörte, wie er durch den Korridor der kleinen Wohnung ging und eine Tür öffnete ohne anzuklopfen. Es dauerte, bis sich etwas rührte. Jan hat einen gesunden Schlaf. Die Münzen rasselten durch den Apparat. Dann erkannte ich das Tappen nackter Füße, im Hintergrund war die vorwurfsvolle Stimme von Jans Mutter zu hören.

»Sie hat dich verlassen«, sagte Jan, ohne mich auch nur zu begrüßen oder mir die Chance zu geben, etwas zu sagen.

»Quatsch! Hat sie nicht.«

»Du bist schwanger und suchst eine Unterkunft. Positiv?«

»Wer ist schwanger!«, sagte Jans Mutter im Hintergrund.

»Nichts. Legt euch wieder hin«, sagte Jan.

Offenbar hielt Jan den Hörer zu, denn für eine Weile war es totenstill, und ich hatte das komische Gefühl, mit dem Nichts verbunden zu sein. In der Raumstation eines anderen Planeten zu stehen und keine Verbindung zu kriegen.

»Sie sind weg«, sagte er schließlich, »und jetzt erzähl, was los ist.«

»Wir sind abgehauen.«

»Abgehauen? Ihr seid in der Schweiz?«

»Quatsch! In Dublin.«

»Und warum?«, fragte er.

»Keine Ahnung.«

»Es war ihre Idee«, stellte er trocken fest.

»Sie hat Probleme mit ihrer Mutter. Und ihr Onkel ist ein ziemliches Arschloch. Wahrscheinlich darum. Aber … ach, ich weiß auch nicht.«

»Ihr steckt in Schwierigkeiten«, sagte er begeistert.
»Nicht wirklich, nein.«
»Und warum rufst du an?«
»Weil ich mit jemandem reden musste«, sagte ich, »du Trottel.«
»Habt ihr schon miteinander ge…«
»Was hat denn das damit zu tun?«, unterbrach ich ihn.
»Ich frag ja nur. Und? Habt ihr?«
»Nein«, sagte ich ungeduldig.
»Und was macht ihr jetzt?«
»Keine Ahnung«, sagte ich.
»Habt ihr wenigstens Geld?«, fragte er.
»Ein bisschen. Wird nicht allzu lange reichen.«
»Die ganze Sache ist dir zu viel«, sagte er sachlich.
»Das weiß ich selber, du Affe.«
»Und sie?«, fragte er.
»Was soll mit ihr sein?«
»Bist du immer noch in sie verliebt?«
»Frag nicht solchen Scheiß, ja?«
»Was jetzt? Positiv? Negativ?«
Ich hatte eiskalte Füße. Und noch genau drei Münzen. Ginge es mir besser, wenn Jan auch hier in Dublin wäre? Was würde das an der Situation ändern?
»Logisch bin ich noch in Fiona verliebt«, sagte ich.
»Noch?«, höhnte er.
»Ich würde alles für sie machen«, behauptete ich.
»Das ist gut«, sagte Jan nach einer Pause.

»Das Geld ist gleich alle. Erzähl niemandem, was los ist. Hörst du? Oder wo wir sind, kapiert?«
»Auch deinen Eltern nicht?«, fragte er hinterhältig. »Sie wissen doch bestimmt längst, dass ihr abgehauen seid.«
»Nur wenn sie fragen«, sagte ich.
Natürlich würden meine Eltern Jan fragen. Das hoffte ich zumindest. Sie sollten sich schließlich nicht allzu große Sorgen machen. Ihr verbliebener Sohn war am Leben, das durften sie ruhig erfahren.
»Ruf wie …«, sagte Jan, dann wurde die Verbindung unterbrochen.
Ich drückte mich noch eine Weile in der Nähe der verlassenen Rezeption herum. Die Tischlampe warf einen gelben Schein auf den Tresen. Plötzlich erinnerte ich mich an etwas, das so peinlich war, dass ich mich vor mir selber schämte. Es war nicht zu fassen: Ich dachte an meinen früheren Teddy. Ich hatte ihn vor ein paar Jahren weggeschmissen. Zusammen mit all den anderen Sachen, die mich daran erinnerten, dass ich früher einmal ein kleiner Junge war. Der Bär hat mir nie wirklich gefallen. Aber ich liebte ihn trotzdem über alles. Er war nicht besonders groß. Sein Kopf mit den riesigen, schwarzen Knopfaugen passte genau in meine Armbeuge, wenn ich im Bett lag. Sein abgeschabter Pelz kitzelte, wenn Mutter den Teddy an mein Ohr drückte, mir mit seinen Ärmchen über den Kopf strich und da-

bei mit verstellter Bärenstimme Dinge zu mir sagte, die sie sonst aus irgendwelchen Gründen nicht herausbrachte. Ich spürte seine kalte Nase an meinem Ohr und hörte all die Dinge, die ich niemals jemandem erzählen würde, weil es seine Geheimnisse waren. Natürlich habe ich damals schon gewusst, dass es Mutters Geheimnisse waren und nicht die des Teddys.

Es war morgens um halb zwei, ich war mit meiner Freundin Fiona in einer Pension mitten in Dublin, wir waren ausgerissen, und ich dachte tatsächlich an meinen Teddy! Plötzlich fiel mir ein, dass wir heute vergessen hatten, uns unsere Lebensretter zu nennen. Zum ersten Mal, seit wir zusammen waren. Ich hatte keine Ahnung, was ich Fiona gesagt hätte. Warum? Weil an diesem ersten Tag des Jahres 1999 einfach zu viel passiert war, an das ich mich wohl oder übel bis an mein Lebensende erinnern würde.

Ich wollte auf die Gasse hinaustreten, aber die Tür der Pension war verschlossen. Die Tische im Frühstücksraum waren bereits gedeckt. All die Teller, Tassen, Messer und Löffel warteten geduldig auf die Gäste, die in ihren Betten lagen und das Glück hatten, schlafen zu können …

FÜNFZEHN

Es dauerte ziemlich lange, bis Fiona von der Toilette zurückkam. Sie setzte sich so vorsichtig an den Frühstückstisch, als habe sie Kopfschmerzen und müsse darum jede Erschütterung vermeiden. Sie war bleich und ihre Stirn und ihre Haare waren nass; sie hatte sich Wasser ins Gesicht geklatscht. Als sie nach ihrer heißen Schokolade griff, sah ich, dass ihre Hände zitterten.

»Besser?«, fragte ich.

»Geht so.«

»Du musst etwas essen. Vielleicht ist dir deshalb schlecht.«
»Weshalb ist mir schlecht?«, fragte sie.
»Weil du noch nichts gegessen hast.«
»Ich soll essen, damit ich wieder etwas im Magen habe, das ich loswerden muss, oder was?«
»Hast du etwa schon wieder ...«
»Gekotzt?«, kam sie mir zuvor. »Allerdings.«
»Aber wir haben doch gestern fast nichts getrunken«, sagte ich.
»Weißt du eigentlich, wie du redest? Wie meine Mutter.«
Sie schüttelte den Kopf und schob ihren Teller beiseite.
Der Student aus Rom und seine Freundin saßen am Tisch neben uns. Sie trugen Turnschuhe und Regenjacken, am Boden stapelten sich Kamerataschen, Stative und anderer Krempel, den man als Tourist offenbar unbedingt braucht. Ich sah vor mir, wie die beiden ihre Freunde mit langweiligen Dia-Abenden quälten.
Fiona ordnete Toastkrümel zu einem Kreis, den sie mit dem Löffel kaputtmachte, als er fertig war. Sie starrte auf den Tisch.
»Ich weiß doch auch nicht, was mit mir los ist«, sagte sie.
»Ist es wegen deiner Mutter?«, fragte ich vorsichtig.
»Was? Spinnst du!«
»Na ja. Bestimmt macht sie sich Sorgen. Vielleicht solltest du sie anrufen.«
»Quatsch!«

»Einfach um ihr zu sagen, dass es dir gut geht«, sagte ich.
»Mir geht es aber nicht gut.«
»Trotzdem«, sagte ich.
»Und du? Hast du deine Mami schon angerufen?«, fragte sie sarkastisch.
»Logisch«, gab ich höhnisch zurück.
Ich wollte sie packen und schütteln. Wollte mit der Faust auf den Tisch hämmern, dass die Tassen flogen. Aber ich blieb sitzen und versuchte mich zu beruhigen. Fiona duckte sich, als habe sie Angst, ich könnte sie schlagen. Im Frühstücksraum des »Nebraska« war es jetzt so still wie auf dem Meeresgrund. Ich hörte, wie der Italiener schluckte. Seine Freundin fing fast im selben Moment an zu reden, und er lachte viel zu laut.
»Was machen wir jetzt eigentlich?«, fragte ich.
Es klang wie eine Drohung. Fiona setzte sich aufrecht hin und sah mich direkt an.
»Findest du, wir sollten uns trennen?«, fragte sie mit ernster Stimme.
Ich sah ihr genau an, dass sie das nur sagte, weil sie wissen wollte, wie es sich anhörte. Was es bei ihr auslöste. Und natürlich auch bei mir. Was passierte, wenn ich jetzt ja sagte? Was machte sie dann? Stand sie auf und ging weg?
»Nein. Möchte. Ich. Nicht«, sagte ich so langsam, als müsse ich nach jedem Wort suchen.

Als würde mir jemand einflüstern, was ich sagen sollte. Aber war es wirklich das, was ich wollte? War es, ja. Ich wollte nicht, dass wir auseinander gingen. Aber ich hatte keine Lust, hier in Dublin zu sein. Ohne Zimmer, ohne saubere Kleider und fast ohne Geld. Ich hatte die Nase voll.

»Und was sollen wir jetzt machen?«, sagte ich.

»Zusammenbleiben«, sagte Fiona und nahm meine Hand.

Eine halbe Stunde später checkten wir aus dem »Nebraska« aus. Der Tag war kalt und grau. Es nieselte. In der *Gardiner Street* staute sich der Mittagsverkehr. Ich überließ Fiona die Führung. Sie kannte sich in Dublin aus, ich nicht. Es lag an ihr, sich etwas einfallen zu lassen. Sie ging vor mir her, bahnte sich zielstrebig ihren Weg durch die Menge. Wir gingen über die *O'Connell Bridge* Richtung Innenstadt. Alle paar Meter blieb Fiona stehen, um auf mich zu warten. Ich sah ihr genau an, dass sie sich Mühe gab, stark und zuversichtlich zu wirken. Zuerst sträubte ich mich dagegen, aber dann musste ich mir eingestehen, dass ich sie dafür bewunderte. Sie wollte mich nicht noch weiter runterziehen.

Schließlich kamen wir an einem riesigen alten Gebäude vorbei. Vor dem Eingangstor stand eine Gruppe Jungen und Mädchen in der Kälte, die kaum älter waren als wir. Sie drängten sich lachend unter zwei Regen-

schirmen zusammen. Ich wünschte mir sofort, zu ihnen zu gehören. Fiona blieb stehen. Ihre Lippen waren blutleer und sie klapperte mit den Zähnen. Ihr Gesicht schien nur aus ihren Augen zu bestehen.
»Trinity College«, sagte sie und zeigte auf das Gebäude.
»Und?«, fragte ich.
»Nix und. Willst du es sehen?«
Ich nickte. Hatten wir vielleicht etwas anderes, Wichtigeres vor? Wir gingen durch einen Torbogen und traten auf einen Innenhof, der irgendwie nicht zu dem passte, was ich bis jetzt von Dublin gesehen hatte. Ich kam mir vor wie in einer anderen Stadt. Der Innenhof war ziemlich groß und wunderschön. Der hellgraue Stein der Gebäude leuchtete, sogar in diesem Nieselregen. Der Verkehr war nur noch als schwaches Rauschen zu hören, die Pflastersteine unter meinen Schuhen kamen mir so vertraut vor, als sei ich schon tausendmal über den Innenhof gegangen.
»Gefällt es dir?«, fragte Fiona.
»Toll«, sagte ich.
»Ich komm immer hierher, wenn ich in Dublin bin.«
»Würd ich auch«, sagte ich.
»Und dann stell ich mir vor, wie es wäre, wenn ich hier studieren würde. Wenn das hier meine Schule wäre, verstehst du?«
»Du frierst«, sagte ich.

»Ich würde jeden Tag über den Hof hier gehen.«
»Du hättest Bücher unter dem Arm. Und Hefte.«
»Und ein Sandwich in der Hand«, ergänzte sie.
»Du bist furchtbar in Eile. Weil du schon wieder verschlafen hast.«
»Genau. Aber die Professoren mögen mich trotzdem.«
»Und die Studenten sowieso«, sagte ich.
»Haben Studenten nicht andere Klamotten an?«
»Weiß nicht.«
»Garantiert«, sagte sie, »ich hab sowieso schon genug von diesen Sachen hier. Sie stinken.«
»Wenn ich an meinen Seesack denke, muss ich fast heulen.«
»Dann gehen wir jetzt einkaufen«, sagte Fiona.
»Wir haben ...«
»Kein Geld, kein Geld, kein Geld. Bla, bla, bla«, unterbrach sie mich.

Wir hatten noch genau 45 Pfund und 60 Pence. Da die Banken und Wechselschalter heute geschlossen waren, nützten uns meine 50 Schweizer Franken wenig. Wir saßen im Restaurant im ersten Stock eines Möbelgeschäftes direkt am *St. Stephen's Green,* die Geldscheine und Münzen lagen vor uns auf dem Tisch. Fiona ordnete die Münzen zu einem Dreieck, während sie über die kahlen Bäume des Parkes hinweg in den grauen Himmel starrte. Dass wir nicht wussten, wo wir die

Nacht über bleiben würden, trieb mir den Schweiß auf die Stirn. Ich kam mir vor wie ein Junge, der seine Eltern in einem gigantischen Kaufhaus verloren hat. Und der das einerseits ganz furchtbar aufregend findet, sich andererseits aber fast in die Hosen macht vor lauter Angst.

»45 Pfund. Nicht gerade die Menge, was?«, sagte ich.

»Genug, um etwas zum Anziehen zu kaufen.«

»Quatsch! Und was essen wir? Socken? Oder T-Shirts?«

»Ich hab dreihundert Pfund auf meinem Konto«, sagte Fiona.

»Na toll«, erwiderte ich höhnisch, »das ändert natürlich alles. Das reicht ja locker für die nächsten vierzig Jahre.«

»Arsch«, sagte sie leise.

»Nein, ich bin kein Arsch. Aber ich hab keine Lust, mir etwas vorzumachen.«

»Wieso fährst du eigentlich nicht zurück nach Hause?«

»Und du? Warum fährst du nicht nach Hause?«, gab ich zurück.

»Weil ich nicht kann«, antwortete sie trotzig.

»Und warum kannst du nicht?«

»Darum.«

»Du bist wirklich der letzte Kindskopf«, sagte ich böse.

»Weil ich keine Lust habe. Darum fahr ich nicht zurück.«

»Und du glaubst wirklich, das reicht als Grund?«

»Lass mich doch in Ruhe!«
Ihre Stimme klang hysterisch. Fiona sprang vom Stuhl. Aber als sie begriff, dass ich sie nicht aufhalten würde, setzte sie sich wieder hin. Sie erinnerte mich an einen Fisch, der an den Strand gespült worden ist und jetzt verzweifelt darum kämpft, wieder ins Wasser zu kommen. Ohne die Hilfe einer Welle würde sie das nie schaffen. Trotz des Vertrages, den ich mit Alex geschlossen hatte, sehnte ich mich plötzlich danach, erwachsen zu sein. Erwachsen, aber weder enttäuscht noch verbittert. Ging das überhaupt? Wenn ich an die Erwachsenen dachte, die ich kannte, ging es nicht. Sie waren enttäuscht, verbittert, selbstgefällig und voller Selbstmitleid. Kannte ich vielleicht einfach die falschen Erwachsenen? Dann fiel mir Kathleen ein. Kathleen, die zusammen mit ihrem Mann Bernhard das Abenteuercamp geleitet hatte, über das ich Fiona kennen gelernt hatte. Sie war anders. Was hätte sie in meiner Lage getan? Plötzlich hatte ich das dringende Bedürfnis, mit ihr zu reden. Ich wollte, dass Fiona sie endlich kennen lernte.
»Vertraust du mir oder vertraust du mir nicht?«, fragte Fiona.
Obwohl ich ihr vertraute, zögerte ich einen Moment. Sie sollte sich nicht zu sicher fühlen. Dann nickte ich und drückte ihre Hand.
»Gut«, sagte sie.

»Aber irgendwann musst du es mir erzählen.«

»Werd ich auch«, sagte sie und stand auf, »und jetzt komm. Ich will dir etwas kaufen.«

Wir verbrachten fast den ganzen Nachmittag in einem Secondhandladen, in dem es warm war und in dem sanfter Techno lief. Vor den Fenstern im zweiten Stock standen alte Autositze, aus denen man in einen Hinterhof sah. Die schwarze Daunenjacke, die ich mir kaufte, war so dick, dass ich mir wie ein Schneemann vorkam. Wenn ich die Arme bewegte, knarzte es. Fiona fand eine Wildlederhose, die ihr wie eine zweite Haut saß. Sie sah phänomenal aus. Irgendwann hatte ich den Eindruck, Fiona flirte mit einem der Verkäufer. Der Typ sah ein bisschen aus wie Johnny Depp. Er grinste überheblich, während er ihr durch den Laden folgte und zum tausendsten Mal versicherte, wie toll ihr die neue Hose stand. Fiona ging zwar nicht wirklich auf seine Sprüche ein. Aber sie sagte ihm auch nicht, er solle sich verziehen. Sie blieb nicht stehen, drehte sich nicht um und zischte den Kerl auch nicht an wie eine giftige Natter. Sie ließ sich die Schmeicheleien gefallen. So kam es mir zumindest vor. Ich sah eine Weile zu, wie er sich alle Mühe gab, charmant und gleichzeitig witzig zu sein. Plötzlich hatte ich genug. Ich trat voller Wut gegen ein Metallregal, polterte die Treppe hoch und verkroch mich in einem der Autositze. Fiona ließ mich ein paar Minuten schmoren, bevor sie auch nach oben kam.

»Mach Platz«, sagte sie und drängte sich neben mich. Sie wusste genau, was los war. Aber was sollte ich sagen? Dass es mir selber lächerlich vorkam, schmollend hier oben zu hocken, aber dass ich nicht anders konnte? Ich hasste mich, nicht den Verkäufer. Fühlte mich wie ein weinerlicher Versager.

»Eifersüchtig?«, fragte Fiona schließlich.

»Na und?«, gab ich barscher zurück, als ich beabsichtigt hatte.

»Der Typ ist ein Angeber«, sagte Fiona.

»Weiß ich selber.«

»Steh ich auf Angeber?« Sie sprang auf die Beine. Ich zögerte einen Moment, bevor ich aufstand. Ich hob sie hoch, setzte sie auf den Fenstersims und fing an, sie zu küssen. Und damit war die Sache erledigt.

Den Rest des Nachmittages strichen wir durch die Innenstadt. Wir beobachteten Hausfrauen, die mit quengelnden Kindern in Kaufhäuser einfielen, um Weihnachtsgeschenke umzutauschen. Auf der *Grafton Street* gab es einen Mann, bei dem man sich für ein Pfund ein Gedicht wünschen konnte. Er hatte einen schwarzen Anzug an, der speckig glänzte, weil er so abgetragen war. Die Titel der Gedichte, die der Mann auswendig kannte, standen auf Zetteln, die mit Reißzwecken an einer Art Hirtenstab befestigt waren. Die Liste der Gedichte war endlos. Der Mann, der frierend in der Fußgängerpassage auf Leute wartete, denen er ein Gedicht vortragen durfte, deprimierte mich. Er sah aus wie ein Hirte, der alle Schafe verloren hat. Wir beobachteten ihn eine Weile, dann zogen wir weiter. Wir wärmten uns in Kaufhäusern auf, hörten uns in mehreren Geschäften CDs an, bis man uns wegschickte. Die Zeit verging viel zu schnell. Bald würde es Abend sein, Nacht.

Als es dunkel wurde, war es auch mit Fionas Ruhe vorbei. Sie ging schweigend neben mir her und zündete sich eine Zigarette nach der anderen an. Bis jetzt hatten wir noch kein Wort darüber verloren, wo wir übernachten könnten. Wir entfernten uns immer weiter von den schicken Einkaufsstraßen Dublins. Auch darüber mussten wir nicht reden. Es war klar, dass diese Ecke der Stadt viel zu teuer für uns war. Wir hatten Zahnbürsten, Zahnpasta, frische Unterwäsche und Socken gekauft. Ich hatte noch genau sieben Pfund und neunzig Pence. Das war alles. Wie viel Geld Fiona geblieben war, wollte ich gar nicht wissen. Wir waren erledigt, auch wenn wir uns das natürlich nicht eingestanden. Aufgeschmissen.

In den schmutzigen Straßen auf der anderen Seite des Flusses fand ein Markt statt. Der Wind trieb zerfetzte Plastikbeutel, Chipstüten und Zeitungsseiten über die Gehsteige. Die Müllteile blieben an unseren Beinen hängen. Papierfetzen schwebten zwischen den Häusern wie losgerissene Drachen. Der Markt war erbärmlich. Kinder und alte Frauen und Männer saßen hinter wackligen Tischen und versuchten Plastikfeuerzeuge, Putzmittel, wertlose Armbanduhren und Gettoblaster, Haushaltsgeräte, Hemden oder andere Klamotten loszuwerden. Es stank nach ranzigem Öl. Jaulende Hunde jagten vorbei, auf einer kleinen, verdorrten Wiese war ein Pferd angepflockt. Ein Mädchen fuhr mit einem Kinderwagen durch die Menge, der mit hässlichen Plüschtieren voll gestopft war. Ein Junge hockte auf einer leeren Obstkiste und spielte auf einer Flöte. Er war höchstens acht. Der heruntergekommene Markt verschlug mir die Sprache. Wo übernachteten diese abgerissenen Menschen? Hatten sie Wohnungen, Betten? Was machten sie hier? Aber was machten wir hier?

Zum Glück regnete es nicht mehr. Wir stiegen über zertrampelte Blumen und zerknüllte Bierdosen. Unter unseren Schuhen knirschte Glas. Fiona hatte meine Hand gepackt. Es beruhigte mich, dass sie sich unwohl fühlte. Wir bogen in die *Wolfe Tone Street,* in der nur noch vereinzelte Tische aufgebaut waren. Kurz vor dem Ende der Straße saß ein Mann an einem Campingtisch, auf dem sich bespielte Kassetten stapelten. Wir waren schon fast an ihm vorbei, aber ich musste einfach stehen bleiben: Die Musik, die der Mann auf einem billigen Rekorder abspielte, zog mich magnetisch an. Es war die Musik meines Großvaters. Jazz. Alter Jazz. Duke Ellington. Billie Holiday. Fats Waller. Josephine Baker. Louis Armstrong. Count Basie. Die Namen ratterten durch meinen Kopf wie die Abfahrtszeiten von Zügen.

Ich zog Fiona an den Tisch und fing an, in den Kassetten herumzuwühlen. Der Mann hatte sie bestimmt selbst bespielt. Die Cover waren schlechte Fotokopien, die er mit farbigen Filzstiften bemalt hatte. Der Mann räusperte sich und stand auf.

»Interessierst du dich für Jazz?«, fragte er und betrachtete mich amüsiert.

Er war vielleicht vierzig, ziemlich groß und dünn, aber muskulös. Seine Haare hingen ihm über den Kragen seiner Lederjacke. Er war unrasiert und hatte einen Blick, der mir Respekt einflößte.

»›*You call it madness, but I call it love*‹«, sagte ich und zeigte auf den Kassettenrekorder, der auf der Straße stand.

Mein Großvater hatte mir das Stück von Nat King Cole so oft vorgespielt, dass ich es auswendig mitsummen konnte. Der Mann bückte sich und drehte die Lautstärke des Rekorders höher.

»Nicht schlecht«, sagte er, »jetzt musst du mir nur noch sagen, wer es spielt.«

»Nat King Cole«, antwortete ich.

»Wie heißt du?«, fragte er und nickte.

»Patrick. Und das ist meine Freundin. Fiona.«

»Freut mich. Du scheinst dich ja wirklich auszukennen.«

»Und wie heißen Sie?«, gab ich zurück.

»Meine Freunde nennen mich Fats«, antwortete er.

»Fats? Wie Fats Waller?«

»Du willst mich wohl auf den Arm nehmen, was! Wie kommt einer in deinem Alter dazu, Fats Waller zu kennen?«, fragte der Mann grinsend.

Für einen Augenblick dachte ich daran, ihn stehen zu lassen und einfach weiterzugehen. Aber dann konnte ich nicht anders: Ich musste ihm unbedingt zeigen, was ich draufhatte, wie viel ich über Jazz wusste.

»Mein Lieblingsstück von Fats Waller heißt ›*Your Feet's Too Big*‹«, behauptete ich.

Er brauchte ja nicht zu wissen, dass es das einzige Stück war, das ich von Fats Waller kannte. Mein Großvater hatte mir erklärt, dass man mit diesem Song nur das Herz einer Frau erobere, die viel Humor habe. Immerhin sage Fats Waller in dem Text zu einer Frau, dass sie sich wie ein Elefant bewege und dass ihre Füße viel zu groß seien.

»Meins auch«, sagte der Mann und setzte sich wieder hin.

»Es wurde am 3. November 1939 aufgenommen«, sagte ich schnell, damit er mir nicht zuvorkam, »Gene Sedric spielt Klarinette und Tenorsaxofon, John Hamilton

Trompete, Cedric Wallace Bass, John Smith Gitarre und Slick Jones Schlagzeug.«
»Und Fats?«, fragte der Mann.
»Singt und spielt Piano, was denn sonst.«
»Nicht schlecht. Muss ich zugeben.«
»Der Song ist 3 Minuten und 2 Sekunden lang«, sagte ich.
Ich hätte gerne weitergemacht, aber das war alles, was ich zu bieten hatte. Das nächste Stück, das der Rekorder spielte, kannte ich nicht. Es gefiel mir auch nicht. Fiona trat dicht neben mich, lehnte sich an mich und drückte meine Hand.
»Such dir eine Kassette aus«, sagte der Mann.
Er trug einen Ring, der eine Klapperschlange darstellte. Ich sah erst jetzt, dass ihm der linke Schneidezahn fehlte.
»Danke«, sagte ich, »aber das bringt leider nichts.«
»Warum nicht?«
»Weil wir sie uns sowieso nicht anhören können«, erklärte Fiona.
»Weil ihr keinen Kassettenrekorder habt?«
»Weil wir einen Scheiß haben«, sagte ich.
»Wir wissen nicht mal, wo wir heute Nacht schlafen sollen«, sagte Fiona freundlich, als müsse sie den Mann beruhigen.
»Das lässt sich ändern«, sagte der Mann.
»Wie meinen Sie das?«, fragte Fiona vorsichtig.

Er steckte sich eine Zigarette an und hielt uns die offene Schachtel entgegen. Auf seinen Ringfinger war ein kleiner Stern tätowiert.

»Auch eine?«, fragte er.

»Gerne«, sagte Fiona, nahm sich eine und zündete sie an.

»Und was ist mit dir, Jazzer?«, fragte er und legte mir die Hand auf den Arm.

Ich schüttelte den Kopf. Der Mann gefiel mir nicht. Er taxierte uns, wandte aber jedes Mal den Blick ab, wenn ich ihn ansah. Ich begriff nicht sofort, warum er sich auf mich konzentrierte. Aber dann war es mir klar: Er musste sich nicht weiter um Fiona kümmern, weil er sie bereits überzeugt hatte. Er hatte sie im Sack. Natürlich war das ein weiterer Grund, sich nicht auf ihn einzulassen. Er steckte seine Zigaretten ein und wollte mir eine seiner bespielten Kassetten in die Hand drücken.

»Ich kann sie mir doch gar nicht anhören«, sagte ich noch einmal.

»Nimm schon«, sagte er, »sie wird dir gefallen.«

Er stopfte die Kassette in die Tasche meiner Daunenjacke. Sein Blick war hart und unnachgiebig. Es war bestimmt besser, das Geschenk nicht zurückzuweisen.

»Danke«, sagte ich.

»Wie war das vorhin?«, fragte Fiona.

»Was?«, sagte er, ohne sie anzusehen.

»Na ja, Sie haben gesagt, dass man das ändern kann.

Mit dem Übernachten und so. Weil wir nicht wissen, wohin heute Nacht«, druckste Fiona herum.
»Heut Nacht schneit es«, sagte Fats und deutete mit dem Kinn in den schwarzen Himmel.
»Ich frier mir jetzt schon den Arsch ab«, sagte Fiona.
»Dein Freund hier will nicht«, sagte der Mann.
»Logisch will er«, entgegnete Fiona, »stimmt's?«
Ich nickte, sagte aber kein Wort. Mir war kalt. Ich wollte mich nicht schon wieder mit Fiona streiten.
»Ist aber kein Palast«, sagte Fats und lächelte.

SECHZEHN

Das Feuer brannte in der Mitte des riesigen Raumes. Da der größte Teil der Decke eingestürzt war, loderten die Flammen fast bis in den zweiten Stock. Die Fenster waren mit Brettern vernagelt, an der Rückwand des Raumes waren mit Paletten, Holzabfällen und Plastikbahnen mehrere Zimmer abgetrennt worden, in denen Matratzen auf dem Fußboden lagen.

Fats hatte uns die anderen nicht vorgestellt. Sie musterten uns aus den Augenwinkeln, kümmerten sich aber nicht um uns. Fats hatte mir eine Flasche Bier in die

Hand gedrückt und uns aufgefordert, am Feuer Platz zu nehmen. Ich hatte versucht, die Mitglieder der Gruppe zu zählen, aber es war zu dunkel, und außerdem herrschte ein ständiges Kommen und Gehen. Ich schätzte, dass es zehn oder zwölf waren. Die meisten waren etwa in unserem Alter, einer der Jungen war allerdings höchstens acht. Er saß rauchend am Feuer und lachte heiser, wenn ihm das Mädchen, das neben ihm kauerte, etwas ins Ohr flüsterte. Die zwei blieben immer zusammen und redeten nur mit Fats, sonst mit niemandem. Wahrscheinlich waren sie Geschwister. Dass neben Fiona noch mindestens drei Mädchen dazugehörten, beruhigte mich irgendwie.
Es war sofort klar, dass Fats der Boss war. Er brauchte nur zu nicken, dann brachte ihm sofort jemand ein neues Bier. Man gab ihm Feuer, sobald er sich eine Zigarette in den Mund steckte, reichte ihm Tee, den ein Junge aufgebrüht hatte, und holte eine Wolldecke, als er über die Kälte fluchte. Er thronte auf einem zerschlissenen Ledersessel, während wir Übrigen auf Kisten oder auf dem kalten Boden hockten. Mir fiel auf, dass einer nach dem anderen bei Fats antanzte. Der König hielt Hof. Sie warteten, bis er mit ihnen Augenkontakt aufnahm und mit dem Kopf nickte. Dann gingen sie zu seinem Sessel hinüber, kauerten sich neben Fats auf den Boden und beantworteten seine Fragen. Es gab zwei Möglichkeiten, wie Fats auf die Antworten rea-

gierte: Entweder nickte er wohlwollend oder er wurde wütend. Ein paar Mal zog er ein Handy aus seiner Lederjacke und führte kurze Gespräche, die ich leider nicht verstehen konnte. Um uns kümmerte er sich nicht weiter. Aber er hatte uns nicht vergessen. Das verrieten die Kontrollblicke, die er uns immer wieder zuwarf. Trafen sich unsere Blicke, gab er sich unbeteiligt, als habe er mich noch nie gesehen. Als interessiere er sich überhaupt nicht für uns.

Über dem Feuer hing ein großer Topf, um den sich ein kahl geschorener Junge kümmerte. Er hob alle paar Minuten den Deckel hoch, rührte um oder kostete. Der Kopf des Jungen war mit winzigen Schnittwunden übersät, an denen er pausenlos herumkratzte.

»Hunger?«, fragte er uns irgendwann.

Sein Blick war unruhig. Kaum hatte er uns die Frage gestellt, sah er sich nach Fats um. Seine rechte Hand steckte in einem Verband, durch den Blut sickerte.

»Was ist es?«, fragte Fiona.

»Suppe mit Huhn«, sagte er.

»Richtiges Huhn?«, wollte Fiona wissen.

Er nahm den Deckel vom Topf, hob mit dem Holzlöffel ein ganzes Huhn in die Höhe und ließ es wieder fallen.

»Logisch haben wir Hunger«, sagte ich.

»Dauert aber noch eine Weile.« Er nickte und kümmerte sich wieder um das Feuer und das Essen. Vor ein paar Jahren hatte ich Alex einmal in unserer Küche überrascht: Er stand auf einem Stuhl, den er vor den Kochherd gerückt hatte, und rührte mit einem langen Kochlöffel in einem Topf. Der Topf war bis zum Rand mit Milch gefüllt, in der Rindenstücke, Ästchen und Blätter trieben. Als ich wissen wollte, was er vorhabe, antwortete er voller Ernst: »Ich stelle Eis her.« Alex verwendete haargenau diese geschwollene Wendung. Er versuchte aus Milch und irgendwelchen Teilen eines Baumes Eis *herzustellen.* »Man muss nur lange genug rühren«, behauptete er. – »Ist die Milch heiß?«, fragte ich. – »Natürlich nicht!«, sagte er entrüstet. »Mit heißer Milch klappt es nie.« Als ich ungefähr zwei Stunden später wieder in die Küche kam, hatte Alex nicht etwa aufgegeben. »Man muss wirklich lange rühren«, sagte er und sah mich forschend an. – »Sieht ganz so aus.« – »Und natürlich muss man daran glauben«, sagte er, und für einen winzigen Augenblick hatte ich tatsächlich den Geruch von Eis in der Nase, genau wie mein kleiner Bruder Alex.

Das Feuer war so warm, dass ich immer wieder einnickte. Ich kam mir vor wie in einem Traum. Wie viel Zeit war vergangen, seit uns Fats in das Abbruchhaus geführt hatte? Die Szene war gespenstisch. Die anderen starrten apathisch in die Flammen, tranken oder lagen weggetreten auf den Matratzen. Seit Fats seine Audienz beendet hatte, hielten alle den Mund, sogar die beiden Geschwister. Fats saß mit geschlossenen Augen auf dem

Ledersessel, die Hände vor der Brust gefaltet. Schlief er? Fiona lehnte an meiner Schulter. Sie kämpfte auch mit dem Schlaf, ihre Augenlider flatterten. Wenn uns die Köpfe nach unten fielen, fuhren wir zusammen, setzten uns wieder aufrecht hin und sahen uns verwirrt an.
Als ich das nächste Mal hochschreckte und mir mit der Hand übers Gesicht fuhr, um den Schlaf zu vertreiben, waren die anderen am Essen. Der Typ mit den Schnittwunden kauerte neben uns. Als er sah, dass ich wach war, stand er auf und füllte zwei Pappteller mit Hühnerbrühe. Dann holte er ein ansehnliches Stück Huhn aus dem Topf, riss es in zwei Teile und legte sie in die beiden Teller, die er mir reichte. Löffel gab es keine. Die Hühnerbrühe roch so gut, dass ich Fiona nicht wecken musste. Sie rappelte sich auf und fing sofort an zu essen. Ich merkte erst jetzt, wie hungrig ich war. Fats aß als Einziger nichts: Er rauchte und sah uns amüsiert zu. Ich kam mir vor wie bei der Fütterung wilder Tiere. Wir schmatzten und schlürften. Das Fett lief mir übers Kinn. Die abgenagten Knochen warfen wir ins Feuer. Meine Finger rochen nach Huhn. Die meisten beugten sich tief über ihre Teller und sahen sich kampflustig um, als müssten sie ihr Essen verteidigen. Die leeren Pappteller wanderten ebenfalls ins Feuer.
Als das Essen vorbei war, kam Bewegung in die Gruppe. Fats stand in der Nähe der Tür, telefonierte und gab den anderen, die sich aufgeregt um ihn drängten, leise Be-

fehle. Innerhalb weniger Minuten waren alle weg. Fiona stocherte in der Glut und legte Holz nach.

»Müde?«, fragte Fats und ging neben uns in die Hocke.

»Immer«, antwortete ich.

»Gut. Ich muss noch mal weg. Ihr bleibt hier. Kommt mit.«

Wir kletterten hinter ihm auf einer Leiter in den oberen Stock. Er führte uns in ein Zimmer und machte eine Kerze an, die auf einem Backstein stand. Der Raum war gerade groß genug für ein richtiges Bett, auf dem ein Berg Wolldecken lag. Aus dem Fenster sah man ein verlassenes Grundstück, das mit Bauschutt und Gerümpel übersät war. Offensichtlich hatte man hier bereits mehrere Häuser abgerissen. In einer leeren Baugrube stand Regenwasser.

»Ist eigentlich mein Zimmer«, sagte Fats, »aber heute Nacht gehört es euch. Von morgen an schlaft ihr unten, bei den anderen. Verstanden?«

»Warum hilfst du uns?«, fragte Fiona.

»Weil ich auch froh bin, wenn jemand mir hilft.«

»Das ist alles?«, fragte ich.

»Nein, das ist nicht alles. Morgen erledigt ihr einen kleinen Job für mich. Bis dann.«

Er strich Fiona mit dem Zeigefinger über die Wange. Mich boxte er in den Magen. Der Schlag war zwar nur leicht, aber seine Faust war so hart, dass mir trotzdem die Luft wegblieb.

»Ruht euch aus. Und passt auf die Kerze auf«, sagte er und ging.
Wir blieben eine Weile stehen, ohne uns zu rühren. Es war kalt. An der Wand hing die Farbfotografie von einem Südseestrand, die Fats aus einer Zeitschrift herausgerissen hatte. Daneben war eine Postkarte angebracht, auf der Miles Davis zu sehen war, der eine riesige Sonnenbrille trug und eben seine Trompete an die Lippen setzte. In der Ecke lehnte eine Eisenstange. Schließlich setzte sich Fiona auf das Bett. Sie zog die Füße auf die Matratze und wickelte sich in eine der Wolldecken.
»Hast du keine Angst vor dem Sterben?«, fragte sie leise.
»Wie kommst du darauf? Ausgerechnet jetzt?«
»Sag schon.«
»Eigentlich nicht«, log ich.
»Ich schon«, sagte sie.
»Jetzt?«, fragte ich.
»Immer. Ich meine, nicht die ganze Zeit. Aber es fällt mir jeden Tag ein«, sagte sie.
»Was?«
»Dass wir sterben müssen.«
»Traust du dem Kerl?«, fragte ich, weil ich keine Lust hatte, mich über den Tod zu unterhalten.
»Nein. Aber er hilft uns«, antwortete sie.
»Ich trau ihm nicht. Ich weiß nicht. Wieso hat keiner von denen mit uns geredet?«
Sie zuckte mit den Schultern und legte sich hin. Ich trat

ans Fenster. Fats ging schnell über das finstere Grundstück. Er wurde von einem Mann begleitet, den ich noch nie gesehen hatte. Der Mann redete auf Fats ein und gestikulierte mit den Händen. Am Ende der Straße stand ein Lieferwagen, der offenbar auf die beiden gewartet hatte. Als sie sich durch eine Lücke im Bretterzaun zwängten und auf die Straße traten, blendete er die Scheinwerfer auf, rollte langsam auf sie zu und hielt neben ihnen an. Die Schiebetür ging auf, und Fats und der andere stiegen ein. Dann fuhr der Wagen los.

»Bist du auch schon mal fast gestorben?«, fragte Fiona.

»Fiona! Ich hab wirklich keine Lust, darüber …«

»Aber ich. Jetzt sag schon. Hat's dich auch schon mal fast erwischt?«

»Lass mich doch in Ruhe«, sagte ich und trat wieder ans Fenster.

»Mich schon. Mit Conor. Ich war elf. Wir haben ein Auto von Tony geklaut und sind damit auf Nebenstraßen herumgebrettert.«

»Und wer ist gefahren?«

»Conor. War ein weißer Ford Cortina. Irgendwann sind wir von der Straße abgekommen und einen Abhang hinunter.«

»Habt ihr euch überschlagen?«, fragte ich.

»Dreimal. Mich hat es aus dem Wagen geschleudert. Aber Conor war zwischen den Vordersitzen eingeklemmt. Das Erste, was ich von ihm gesehen habe, war seine Hand. Sie hing aus der zersplitterten Windschutzscheibe. Allerdings hab ich zuerst gar nicht kapiert, dass der blutige Klumpen seine Hand war.«

»So hat er den Ringfinger verloren«, stellte ich fest.

»Und drei Rippen und den Fuß gebrochen«, sagte Fiona.

»Und du?«

»Ich? Nichts. Ein paar Schrammen und eine Wunde am Bein. Sonst nichts.«

»Glück gehabt«, sagte ich.

»Und du?«

»Ich bin fast ertrunken. Hier, in Irland. Ich wollte einem Freund helfen. Aber das hab ich dir schon mal erzählt.«

Natürlich dachte ich an Alex. Der nicht so viel Glück gehabt hatte wie ich. Keinen Schutzengel, der aus dem Nichts aufgetaucht war. Sondern Pech, verdammtes Pech. Scheißthema. Die Kerze flackerte. Wenn ich mich bewegte, knarrten die Bretter des Fußbodens. Unter dem Bett lag eine Sporttasche.

»Pat«, sagte Fiona.

Sie stieg aus dem Bett und sah mich an. Ich wollte auf sie zugehen, um sie zu küssen, aber sie trat einen Schritt zurück und ich blieb stehen. Sie zog ihre Jacke aus und schlüpfte aus ihrem Pulli. Ihre Brustwarzen zeichneten sich durch den Stoff des T-Shirts ab. Dann knöpfte sie ihre neue Wildlederhose auf. Aber da sie die Schuhe vergessen hatte, musste sie sich zuerst bücken, um die Schnürsenkel zu öffnen und die Schuhe abzustreifen. Sie hatte sich Zeit gelassen. Aber jetzt sah es plötzlich so aus, als habe sie es eilig. Als müsse sie eine unangenehme Sache zu Ende bringen. Sie trug einen weißen Slip unter ihrer schwarzen Strumpfhose. Sie schob den Daumen unter das Gummiband, rollte die Strumpfhose schnell bis zu den Knien hinunter und zog zuerst das eine, dann das andere Bein heraus.

»Frierst du nicht?«, fragte ich.

»Doch. Aber ich bin ja nicht alleine hier.«

Sie streifte den Slip bis zu den Knöcheln hinunter, machte einen Schritt nach vorn und schüttelte den Slip von ihrem Fuß. Jetzt hatte Fiona nur noch das T-Shirt an. Sonst war sie nackt.

»Was soll das?«, fragte ich unsicher.

»Ich will mit dir schlafen.«

»Jetzt?«

»Was denkst du denn?« Sie lachte. »Übermorgen oder so?«

Sie kroch unter die Wolldecken und ich zog mich aus. Bevor ich mich neben sie legte, holte ich tief Luft. Das war jetzt also der große Moment. Auf den ich so lange gewartet hatte. Ich kam mir vor wie ein Turmspringer. Der tausend Meter über einem leeren Becken stand. Und trotzdem springen musste. Springen wollte.

»Komm schon«, sagte Fiona ungeduldig.

Ihre Haut war kalt. Ich war so nervös, dass ich mich

verschluckte, als sie mich küssen wollte. Mein Mund war völlig ausgetrocknet. Die Wolldecken rochen muffig. Sie stanken. Ich setzte mich auf.

»Die Decken«, sagte ich, »die stinken.«

»Ist doch egal«, murmelte Fiona und zog mich an sich. Dann küssten wir uns endlich. Ich gab mir Mühe, an gar nichts zu denken. Sie nahm meinen Penis in beide Hände, als wolle sie ihn aufwärmen. Sie war so feucht, dass mein Finger fast von selbst in ihr verschwand.

»Wo hast du den Gummi?«, flüsterte ich, als ich auf ihr lag.

»Geht auch ohne.«

»Was? Wieso?«, fragte ich.

»Ist doch egal, wenn etwas passiert.«

Sie steckte mir die Zunge in den Mund und umklammerte mich mit beiden Armen. Ich hielt den Atem an, machte die Augen auf und versuchte einen klaren Gedanken zu fassen.

Im gleichen Augenblick wusste ich, dass es nicht ging. Nicht jetzt. In diesem Bett. Unter den muffigen Decken. Nicht ohne Gummi. Nein, es war nicht egal, wenn etwas passierte. Ich spürte, wie mein Glied zusammenschrumpfte.

»Ich kann nicht«, stöhnte ich und ließ mich auf den Rücken fallen.

SIEBZEHN

Mit einem Schlag war ich wach. Als hätte jemand das Licht angemacht. Dabei gab es hier gar kein Licht. Und die Kerze brannte auch nicht mehr. Fiona lag auf der Seite. Sie machte Fäuste im Schlaf.

Aus dem unteren Stock waren Stimmen, Gelächter und das Prasseln des Feuers zu hören. Ich kam mir plötzlich sicher und geborgen vor und kämpfte dagegen, wieder einzuschlafen. Die Stimmen und das Prasseln und Knistern machten mich benommen, fast glücklich. Wie früher, wenn Alex und ich mit Grippe im Bett lagen und

nicht zur Schule mussten. Alex sammelte Bildchen von Bundesligafußballern, deren persönliche Daten er auswendig kannte: Größe, Gewicht, Geburtsdatum, Hobbys, Anzahl der Länderspiele, frühere Vereine, Position und Rückennummer. Alex wusste alles. Wenn wir mit Grippe im Bett lagen, wollte er, dass ich ihn abfragte. Ich nannte den Spieler und er ratterte ohne eine Sekunde zu zögern alle Angaben herunter, die unter den Fotos standen. Alex erfand auch das Spiel mit den Fußballernamen. Der erste Buchstabe des Nachnamens bildete den ersten Buchstaben des Vornamens, den er finden musste. MEHMET SCHOLL – STEFAN BEINLICH – BRUNO LABBADIA – LARS RICKEN – ROBERT KOVAC. Für mich wurde dieses Spiel erst lustig, wenn Alex die Namen ausgingen und er anfing, Spieler zu erfinden. Ich sah ihm genau an, wenn er schummelte. Mein kleiner Bruder liebte das Spiel. Und er liebte es, wenn ich ihm die Namen, die er erfand, irgendwann nicht mehr abnahm. JAN LEDERTRETER? »Gibt es nicht!«, schrie ich, worauf Alex alle nötigen Angaben zu dem erfundenen Spieler herunterratterte. Er war unglaublich. Er kannte sogar das Lieblingsessen jedes Spielers.
Als Alex ertrank, gab es in der Sprachenschule, in der ich Nachhilfe in Französisch bekam, Spaghetti Bolognese. Mein Lieblingsessen. Ich aß drei Teller davon. Stopfte mich voll damit. Ließ es mir gut gehen. Während mein kleiner Bruder knapp hundert Meter von

unseren Eltern entfernt ertrank. Ich war in Frankreich, über 600 Kilometer von Lloret de Mar entfernt. Ich konnte Alex nicht helfen. Spaghetti sind eigentlich immer noch mein Lieblingsgericht. Aber ich kann sie nicht mehr sehen. Unmöglich. Schon beim Geruch der Bolognese-Sauce wird mir übel.

Fiona drängte sich an mich, ohne zu erwachen. Ihr Körper war warm. Wenn ich mich aus dem Bett lehnte, sah ich nebenan den Widerschein des Feuers über die Wände zucken. Das erinnerte mich an die Leuchtsterne, die ich Alex zu Weihnachten geschenkt hatte. Monde. Halbmonde. Planeten in verschiedenen Größen. Planeten mit Saturnringen. Komplette Sternbilder. Meteorschauer. Die Sterne waren das Größte. Wir klebten sie über unsere Betten. Sie brachten die Zimmerdecke und das Dach zum Verschwinden. Sorgten dafür, dass wir im Freien lagen. Und schickten meinen Bruder und mich jede Nacht auf eine Reise durchs All.

Fiona fuhr aus dem Schlaf und setzte sich auf. Sie sah mich durch halb geschlossene Lider an, noch nicht ganz wach. Sie schniefte.

»Bist du O.K.?«, fragte ich leise.

Sie legte ihre Hand vor die Augen und wandte sich ab. Weinte sie? Ich streichelte ihren Rücken, aber ich spürte, wie sich ihr Körper anspannte und steif wurde.

»Ich muss dir etwas sagen, Pat.«

Ihre Stimme war leise und ängstlich. Ich zog meine

Hand zurück und wartete ab. Fiona holte tief Luft. Sie war mir von einer Sekunde auf die andere fremd.
»Hast du schlecht geträumt?«, fragte ich.
Sie kicherte hysterisch und schüttelte den Kopf. Erwartete sie, dass ich sie drängte? Meine Hände waren kalt.
»Ich bin schwanger«, sagte Fiona fast unhörbar.
Beinahe hätte ich laut herausgelacht. Aber dann begriff ich, dass *sie* nicht lachte. Dass sie keinen Scherz gemacht hatte. Dass sie mir soeben ein Messer in die Brust gerammt hatte. Mein Kopf fühlte sich plötzlich leicht an. Als gehöre er gar nicht zu mir.
»Das glaub ich dir nicht«, brachte ich schließlich heraus.
»Ich bin schwanger, Pat.«
»Aber wir haben doch gar nicht …«
Erst jetzt, nachdem ich es ausgesprochen hatte, begriff ich die Tragweite ihrer Behauptung. Begriff ich die Konsequenz.
»Aber wir haben doch gar nicht …«, wiederholte ich.
»Das weiß ich auch«, sagte Fiona kalt.
Jetzt lachte ich doch. Ich konnte nichts dagegen tun. Die feuerroten Haare von Fiona gingen mir unglaublich auf die Nerven. Ich hätte sie zu gerne gepackt und Fionas Kopf nach hinten gerissen. Fiona vom Bett gezerrt. Quer durch das beschissene Abbruchhaus.
»Es tut mir …«, sagte Fiona.
»Ronan«, unterbrach ich sie, »es ist von Ronan. Gib's zu!«

»Ist es nicht.«
»Scheißkuh! Du lügst! Natürlich ist es von diesem Arschloch!«
»Nein! Ich schwöre es!«
»Du bist gar nicht schwanger.«
»Doch, Patrick.«
»Das kann nicht sein.«
»Doch.«
»Und von wem?«, schrie ich.
Sie ließ sich vorsichtig auf den Rücken sinken. Lag steif und reglos neben mir. Sie war widerlich.
»Von wem ist es? Verdammte Scheiße, verdammte!«, sagte ich leise.
»Ich weiß es nicht.«
»Von wem!«, brüllte ich. »Sag es! Sag es! Sonst bring ich dich um!« Falls sie versuchte, mich zu berühren oder anzufassen, musste ich sie schlagen. Mitten ins Gesicht. Warum schlug sie mich nicht? Warum setzte sie sich nicht auf und trommelte mit ihren Fäusten auf mich ein? Warum fing sie nicht an zu lachen und gab zu, dass alles nur ein schlechter Scherz war?
»Tony«, sagte Fiona mit tränenerstickter Stimme.
Sie wollte aufstehen, aber ich war schneller. Ich sprang aus dem Bett und machte, dass ich wegkam.

Aus den Wänden hingen Rohre und dicke Leitungsbündel, die sich wie Schlangen durch den oberen Stock wan-

den. Der Gips, der von der Decke rieselte, brachte mich zum Niesen. Ich rannte von Zimmer zu Zimmer. An vielen Stellen waren große Löcher im Boden, und ich kam mir vor wie ein Seiltänzer, der über die verbliebenen Stege balancierte. Das Treppenhaus war ein finsterer Schacht, von der Treppe waren bloß ein paar zersplitterte Stufen sowie ein Stück des Geländers übrig geblieben. Natürlich wollte ich abhauen. Weg von Fiona. Schließlich hatte sie sich den ganzen Mist selbst eingebrockt. Hatte mich hintergangen. Betrogen. Belogen. Noch nie mit einem anderen geschlafen. Logisch. Was ging mich das Scheißkind von Tony an? Eben. Ich wollte abhauen. Aber ich schaffte es nicht. Schaffte es nicht, zu verschwinden und Fiona sich selbst zu überlassen. Sah sie vor mir, versuchte mir vorzustellen, wie sie sich jetzt fühlte. Konnte unmöglich stehen bleiben. Musste mich bewegen. Tanzte um die langen rostigen Nägel, die aus dem Boden ragten, lief über Stützbalken, die wie Hängebrücken wippten, kroch durch Löcher in den Wänden, kletterte über Schuttberge, balancierte über frei liegende Armierungseisen. Ich stolperte über Bretterstapel, stieß gegen leere Farbkübel, knallte mit dem Kopf gegen Balken.
Es dauerte, bis ich mich einigermaßen beruhigt hatte. Schließlich stand ich vor einem Loch in der Außenwand und schnappte nach Luft. Das Loch war groß genug für mich. »Hau ab! Hau einfach ab!« Die Luft, die durch das Loch strömte, war kalt. Es roch nach Schnee.

Ich konnte nicht abhauen. Ich wollte nicht. Ich wollte hier bleiben. Bei Fiona. Bei mir.

Nach dem Tod von Alex hatten mich meine Eltern zu einem Schulpsychologen geschickt. Sein Zimmer lag neben der Turnhalle und war mit Dingen voll gestopft, die wahrscheinlich für eine offene und entspannte Atmosphäre sorgen sollten: Tiermasken, Marionetten, Holzpuppen, Modellautos, Plüschtiere, Tonfiguren, Kostüme, Perücken und Fingerfarben. Mit diesen Farben ließ Dr. Stettler seine Problemfälle auf die Wand los, die mit Papierbahnen verhängt war. Es gab sogar einen Sandkasten, in dem Panzer, Jeeps, fahrbare Kanonen und Heerscharen von Soldaten darauf warteten, Krieg zu führen oder Frieden zu schließen. Dr. Stettler war mir von Anfang an unsympathisch. Er sah aus wie ein Seehund, der seinen Schnauzbart verloren hat. Sanfte Menschen machen mich sofort aggressiv. Dr. Stettler war unglaublich sanft. Manchmal hatte ich ihn fast so weit, dass er in Tränen ausbrach, wenn ich ihm meine Lügengeschichten auftischte. Seine Stimme war so leise, dass ich ihn fast nicht verstand. Dafür hörte ich die Trillerpfeife des Turnlehrers von nebenan, das Kreischen der Mädchen, das Brüllen der Jungs und das satte Geräusch der Lederbälle, die gegen die Wand klatschten. Fiel ein Medizinball zu Boden, zitterten die Bleifigürchen auf Dr. Stettlers Tisch, und die verschiedenen Mobiles klingelten und klirrten noch minuten-

lang. Dr. Stettler konnte mir nicht helfen, weil ich mir nicht helfen ließ. Er brachte meine Probleme zur Sprache. Ich spielte sie herunter. Ich erzählte ihm nur, was mir in den Kram passte. Was mir nicht wehtat. Was ihm nichts über mich verriet. Aber warum sollte ich mit einem wildfremden Menschen über meine Schwierigkeiten reden? Ich machte genau das, was er von mir erwartete. Ich führte mich als Problemkind auf. Knetete brav verkrüppelte Tonfiguren, malte ausschließlich mit Schwarz oder Rot, hetzte Marionetten aufeinander los und veranstaltete Massaker im Sandkasten. Für eine Weile legte ich mir sogar eine Art Tick zu: Jedes Mal, wenn mich Dr. Stettler ansprach, zuckte ich mit dem rechten Auge und warf den Kopf ein kleines bisschen nach hinten. Ich verarschte ihn. Ohne zu kapieren, dass ich eigentlich nur mich selbst verarschte. Aber das Schlimmste war, dass er mir nicht auf die Schliche kam. Er nahm mir das ganze Schmierentheater ab. Nach mehr als sechs Monaten hatten meine Eltern eingesehen, dass die Sitzungen bei Dr. Stettler nichts brachten. Sie hatten genug von meiner Gleichgültigkeit.
Ich steckte beide Arme durch das Loch in der Hauswand, als könne mich die Kälte nach draußen ziehen. Weg von Fiona. Weg von den Problemen. Die Stimmen der anderen waren immer noch zu hören. Sie lachten, schrien. Wie spät war es?
Dann ging ich zu Fiona zurück.

Sie lag auf dem Rücken, starrte an die Decke und sah aus wie eine Tote. Sie hatte die Kerze angezündet. Als ich hereinkam, drehte sie den Kopf und richtete sich sofort auf.

Ich setzte mich wortlos neben sie und umarmte sie. Ich merkte nicht sofort, dass sie weinte. Minutenlang bewegten wir uns nicht. Nach einer Weile fing ich an, sie leicht hin- und herzuwiegen, und schließlich beruhigte sie sich.

»Warst du bei den anderen?«, fragte sie.

Ich schüttelte den Kopf. Sie öffnete den Reißverschluss meiner Daunenjacke und schob beide Hände unter meinen Pulli.

»Du?«

»Nein«, sagte sie.

Ich zog die Jacke aus, kroch zu ihr unter die Decken und breitete die Jacke über uns.

»Ich will das Kind nicht«, sagte sie.

»Wir lassen es wegmachen.«

»Ich bin sechzehn!«

»Grade deswegen.«

»Das ist nicht so einfach in Irland.«

Wenn wir uns bewegten, knarzte die Jacke. Fionas feuchte Nase strich über meine Wange. Im Dämmerlicht wirkte der Strand auf der Zeitungsseite an der Wand wie eine Schneelandschaft. Die Kerze warf unsere großen bedrohlichen Schatten daneben.

»Hat er dich …«

Ich konnte das Wort *vergewaltigt* nicht aussprechen. Auch Tonys Namen wollte ich nicht erwähnen. Ich wollte ihn nie wieder erwähnen. Dabei wusste ich, dass mir das nicht gelingen würde. Ich würde den Namen noch sehr, sehr oft aussprechen, denken oder voller Hass schreien. Ich würde den Namen nie wieder vergessen.

»Seit zwei Jahren«, sagte Fiona.

»Und deine Mutter?«, fragte ich.

»Weiß natürlich nichts.«

»Wir zeigen ihn an.«

»Vergiss es«, sagte sie.

»Ich zeige ihn an. Das schwör ich dir.«

»Und was machen wir mit dem Kind?«, fragte sie leise.

»In welchem Monat bist du?«

Ich hatte diese Frage schon so oft in Filmen gehört, dass es mir im ersten Augenblick überhaupt nicht komisch vorkam, sie nun selbst zu stellen.

»Im dritten.«

»Wir machen es weg«, sagte ich.

»Wer macht es weg?«

»Das wird sich zeigen«, sagte ich, so zuversichtlich ich konnte.

Ich hatte keine Ahnung, was wir als Nächstes tun mussten oder wer uns helfen konnte. Wollte ich ein Kind? Nein. Wollte ich ein Kind von einer Drecksau wie Tony? Es war grotesk, darüber auch nur nachzudenken. Wir mussten jemanden finden, der uns half.

»Gestern Abend haben wir übrigens etwas vergessen«, sagte Fiona.

»Unsere Lebensretter. Ich weiß.«

»Und? Wie sieht es heute damit aus?«, fragte sie.

»Du zuerst.«

»Das Gesicht des Mädchens, das sich mit dem Kinderwagen durch den Markt geschlängelt hat«, sagte sie, »erinnerst du dich?«

»Die mit den Plüschtieren?«

»Genau die. Und bei dir?«

»Unser Kuss auf dem Fenstersims in dem Laden.«

Wir klammerten uns aneinander, jeder vertieft in seine eigenen Gedanken, Ängste und Hoffnungen. Kurz darauf wurde es im unteren Stock ruhig. Wir lagen sehr lange wach. Irgendwann hörte ich, wie Fionas Atem langsam und regelmäßig wurde. Sie war eingeschlafen. Ich legte meine Hände so vorsichtig auf ihren Bauch, dass Fiona nicht erwachte. Wir waren am Arsch. Aber wir waren zusammen. Und wir waren am Leben. Wir würden es schaffen.

»Ich liebe dich«, sagte ich laut, obwohl ich genau wusste, dass Fiona mich nicht hörte. Oder vielleicht gerade deswegen.

ACHTZEHN

Fats lag ausgestreckt im Ledersessel, seine Stiefel und eine große Plastiktüte standen neben ihm am Boden. Als er uns sah, beendete er das Gespräch, das er geführt hatte, und steckte sein Handy weg.

»Nicht schlecht, mein Bett, was?«, sagte er und stand auf.

»Hab die ganze Nacht gefroren«, behauptete Fiona.

»Wollt ihr Tee?«, fragte er.

»Nein danke«, sagte ich.

Ich wollte so schnell wie möglich weg von hier. Weg

von Fats. Das Feuer war heruntergebrannt, der Boden übersät mit leeren Bierflaschen und Kippen.

»Wo sind die anderen?«, fragte ich.

»Schlafen«, antwortete Fats. Er setzte sich hin und zog seine Stiefel an.

»Hast du Zigaretten?«, fragte Fiona. Sie ließ meine Hand los und ging neben ihm in die Hocke. Er sah sie spöttisch an und fuhr sich mit gespreizten Fingern durch die Haare.

»Klar«, sagte er, ohne sich zu rühren.

»Darf ich eine haben?«

»Zuerst erledigt ihr ein kleines Geschäft für mich. Wir haben einen Deal. Schon vergessen?«

»Was für einen Deal?«, fragte ich.

»Eine Hand wäscht die andere. Ich helfe euch. Ihr helft mir. Ganz einfach. So war es ausgemacht.«

»Was für einen Deal?«, wiederholte ich und zog Fiona auf die Beine.

»Keine große Sache. Ihr bringt einem Freund von mir ein Paket.«

»Und was ist in dem Paket?«, wollte ich wissen.

Fats lachte gutmütig und erhob sich. Er zog Zigaretten aus seiner Lederjacke, steckte sich eine an und reichte sie Fiona. Fiona nickte, nahm einen tiefen Zug und sah mich fragend an. Ich schüttelte den Kopf.

Fats bückte sich und holte einen Packen Kassetten, der

mit dicken Gummibändern zusammengehalten wurde, aus einer Plastiktüte.

»Kassetten«, sagte er grinsend, »ich verkaufe Musik. Du bist zu misstrauisch, Junge. Was hast du denn gedacht, na?«

»Gar nichts«, sagte ich und griff nach dem Packen.

»Immer mit der Ruhe. Zuerst hört ihr mir zu. Ihr bringt das Paket zum *St. Stephen's Green*. An der Ecke zur *Leeson Street* gibt es zwei Papierkörbe. Ihr steckt das Paket in den linken. Und zwar Punkt zwölf Uhr. Dann verschwindet ihr. Kapiert?«

»In den Papierkorb? Kassetten?«, sagte ich.

»Du denkst zu viel. Habt ihr kapiert?«

Er drehte den Packen hin und her, gab ihn aber nicht aus der Hand. Sein Blick gefiel mir nicht. Ich war ihm hoffnungslos unterlegen und das wussten wir alle.

»Kapiert«, sagte Fiona.

»Er soll es wiederholen«, sagte Fats.

»Wir haben's begriffen«, sagte ich.

»Wiederhol es!«

»Wir werfen das Paket in den linken Papierkorb an der Ecke zur *Leeson Street*«, sagte ich.

»Wo?«

»Beim *St. Stephen's Green*«, sagte ich brav.

»Und wann?«, fragte er, ohne Fiona aus den Augen zu lassen.

»Punkt zwölf«, antwortete ich.

»Genau.«
Er drückte Fiona das Paket in die Hand und setzte sich wieder hin. Es war lächerlich. Ich kam mir vor wie in einem billigen Krimi.
»Und macht keinen Scheiß, ja? Meine Augen sind überall.«
»Und danach?«, fragte Fiona.
»Kommt ihr wieder zurück. Es sei denn, ihr wollt lieber auf der Straße leben.«
Er zog sein Handy aus der Jacke und klappte es auf. Bevor er die Nummer wählte, hob er den Kopf und sah mich an.
»Worauf wartet ihr? Abgang! In zwanzig Minuten ist zwölf!«

Ein paar hundert Meter vor dem *St. Stephen's Green* zog ich Fiona in eine Toreinfahrt. Ich musste wissen, was wir hier durch Dublin trugen. Wir lösten die Gummibänder und sahen uns die Kassetten an. Die Mischung war ziemlich eigenartig. Wer hörte sich Blues, Rock *und* Trip-Hop an? LED ZEPPELIN *»II«;* JOHN LEE HOOKER *»Hobo Blues«;* BJÖRK *»Post«;* MASSIVE ATTACK *»Blue Line«;* PORTISHEAD *»Dummy«;* THE WHO *»Quadrophenia«;* IGGY POP *»Brick by Brick«;* NENEH CHERRY *»Man«;* URBAN SPECIES *»Listen«;* NEIL YOUNG *»Unplugged«;* RADIOHEAD *»Ok Computer«;* PATTI SMITH *»Horses«;* TRICKY *»Maxinquaye«;* PINK FLOYD *»Umma*

Gumma«. Die Kassetten steckten in Originalhüllen mit Originalcovers. Aber waren es wirklich nur Kassetten? Sollten wir nicht jede einzeln öffnen, um nachzusehen?

»In vier Minuten ist zwölf«, sagte Fiona.

»Ich trau dem Scheißkerl nicht.«

»Wir werfen das Ding in den Abfalleimer und fertig.«

»Sollen wir nicht nachsehen, was drin ist?«, fragte ich.

»Keine Zeit. Außerdem haben wir schon genug Probleme.«

Sie half mir, die Gummibänder um die Kassetten zu legen. Spielte es eine Rolle, falls tatsächlich Drogen in dem Paket waren? War es nötig, dass ich meine Nase in Dinge steckte, die mich nichts angingen? Aber gingen sie mich wirklich nichts an? Immerhin hatte ich das verfluchte Paket durch die halbe Innenstadt getragen.

Wir gingen durch das Haupttor des *St. Stephen's Green*. Der Park war menschenleer, auf den Wiesen stand Regenwasser. Wir mussten uns beeilen. Wir liefen an einem Teich entlang und kamen auf einen Platz, auf dem sich verschiedene Wege trafen.

»Was jetzt?«, fragte ich und blieb stehen.

»Hier lang«, sagte Fiona.

Der Weg wirkte wie ein Tunnel, weil er sehr schmal war und auf beiden Seiten hohe Hecken standen. Ich lief hinter Fiona her und sah die beiden Männer erst, als sie stehen blieb und sich nach mir umdrehte. Ich drängte mich an Fiona vorbei, um mich schützend vor sie zu stellen. Die beiden Männer waren zwischen zwanzig und dreißig. Der eine trug eine Wollmütze und Handschuhe. Er kam auf mich zu und streckte die Hand aus, als wolle er mir einen Stoß versetzen. Ich trat zurück, stolperte und fiel hin. Der Mann bückte sich, um mir die Kassetten abzunehmen, aber Fiona war schneller. Sie nahm den Packen, drängte sich an einem der Männer vorbei, lief aber dem zweiten direkt in die Arme. Ich rappelte mich hoch und rammte dem Kerl, der vor mir stand, den Kopf in den Magen. Er stöhnte auf und taumelte zurück. Ich nahm mir nicht die Zeit, darüber nachzudenken, was ich hier machte. Hätte ich das getan, hätte ich Fionas Hand gepackt und wäre mit ihr abgehauen. Stattdessen ging ich noch einmal auf den Mann los. Dass er ein Messer in der Hand hielt, sah ich nicht. Und darum verstand ich auch den brennenden Schmerz in meinem rechten Oberarm nicht. Erst als der Mann einen Schritt zurücktrat, begriff ich. Die Klinge war voller Blut. Er steckte das Messer ein und Fiona gab ihm die Kassetten. Er brauchte sie nicht einmal dazu aufzufordern.

»Mit lieben Grüßen an Fats«, sagte der mit dem Messer, dann verschwanden sie.

»Tut gar nicht weh«, behauptete ich.

Meine linke Hand war voller Blut. Ich setzte mich auf den Boden, weil mir übel wurde. Fiona überredete

mich, die Daunenjacke auszuziehen, damit sie sich die Wunde ansehen konnte.
»Ist nicht schlimm«, sagte sie.
Ich hatte unglaubliches Glück gehabt. Das Messer war nicht tief eingedrungen und hatte mich nur leicht verletzt. Die dicke Jacke hatte den Stoß abgefangen. Und wahrscheinlich hatte ich mich im letzten Moment etwas zur Seite gedreht.
»Muss ich zum Arzt?«
»Wir kaufen Verbandszeug und etwas zum Desinfizieren. Das krieg ich hin«, sagte Fiona.
»Erledigt sind wir trotzdem. Fats legt uns um«, sagte ich.
Ich stand benommen auf. Die Kassette, die mir Fats als Geschenk aufgedrängt hatte, war mir aus der Jacke gefallen und lag auf dem Weg. Fiona wollte sich danach bücken, aber ich zertrat die Kassette voller Wut. Dann fiel mir der einzige Mensch ein, der uns jetzt helfen konnte. Kathleen.
»Wolltest du nicht schon immer mal in die Schweiz?«, fragte ich.

NEUNZEHN

Kurz bevor die »Sea Cat« in England anlegte, wechselte mir Fiona noch einmal den Verband. Wir schlossen uns in eine Männertoilette im hinteren Teil der Fähre ein, der fast leer war.

»Tut es weh?«, fragte sie.

Ich schüttelte den Kopf. Mir war immer noch übel. Aber eigentlich vor allem deswegen, weil ich immer wieder an das Blut an meiner Hand denken musste. Und daran, was der Kerl mit seinem Messer hätte anrichten können. Die große Fähre schien über das Meer

zu gleiten, ohne die Oberfläche zu berühren, so schnell fuhr sie.
»Keine Schmerztablette mehr?«, fragte Fiona.
»Ich bin O.K.«, sagte ich.
»Meinst du, dass alles gut geht?«, fragte sie.
»Logisch«, antwortete ich, obwohl ich am liebsten nicht an das dachte, was uns in der Schweiz erwartete.
Wir setzten uns in eine Lounge in der Nähe des Ausgangs, in der wir fast alleine waren. Irland war schon lange im Nebel verschwunden. Aber auch von England war noch nichts zu sehen. Wo ging der Himmel ins Meer über? Wir fuhren durch ein endloses graues Nichts.
»Schlaf noch ein bisschen«, sagte ich und legte den Arm um Fiona.
»Sind doch gleich da.«
»Trotzdem.«
Sie schloss die Augen und kuschelte sich in meine offene Jacke, die mir ziemlich sicher das Leben gerettet hatte.
»Warum hilft uns Kathleen?«, fragte Fiona.
»Weil sie uns mag.«
»Sie kennt mich doch gar nicht.«
»Aber mich«, sagte ich.
»Und was werden deine Eltern sagen?«
»Wird sich zeigen. Vergiss meine Eltern«, sagte ich.
Sie schwieg, aber ich spürte genau, dass sie nachdachte.
Sie konnte jetzt genauso wenig schlafen wie ich.

»Ich hab Angst«, sagte sie nach einer Weile.
»Ich auch«, gab ich zu.
»Das ist gut«, sagte sie.
In der Ecke der Lounge hing ein Geldspielautomat, der blinkte und piepste, obwohl niemand an ihm spielte.
»Kennst du den Arzt, der das Kind wegmacht?«, fragte Fiona.
»Nein, hab ich dir doch schon gesagt.«
»Und wer bezahlt ihn?«
»Das wird sich zeigen.«
Seit wir auf der Fähre waren, hatten wir diesen Dialog bestimmt schon zwanzigmal geführt. Ich machte die Augen zu und versuchte, mich zu entspannen. Ich hatte Kathleen aus dem »Shelbourne Hotel« in der Schweiz angerufen. Sie hatte keine unnötigen Fragen gestellt und uns sofort geholfen. Ihr Bruder Sean lebt in Dublin. Er hatte uns keine Stunde später im Hotel abgeholt und gleich zum Fährhafen in Dun Laoghaire gebracht. Sean hatte uns die Verbindungen aller Züge herausgeschrieben und eingeschärft, wegen der Sache mit Fats getrennt über die Grenzen zu reisen. Ich prüfte immer wieder nach, ob die Tickets, die er für uns besorgt hatte, noch da waren. Das Geld, das er uns für die Reise gegeben hatte, steckte in Fionas BH.
Ich wollte nicht an meine Eltern denken, aber sie fielen mir immer wieder ein. In meiner Vorstellung saßen sie völlig aufgelöst in der Küche und machten sich Vor-

würfe. Jede Familie hat ihre eigenen Legenden und Katastrophen. Bevor Alex ertrank, gab es eine Geschichte, die meine Eltern bei jeder Gelegenheit erzählten: Als ich sieben war, habe ich mir das Nasenbein gebrochen und beide Schneidezähne herausgeschlagen. Hinter dem Schulhaus gab es einen steilen Abhang, den wir im Winter in eine Eisbahn verwandelten, indem wir immer wieder Wasser über den Schnee gossen, sobald es draußen fror. Diese Eisbahn war natürlich der perfekte Schauplatz, um seinen Mut zu beweisen. Nur Feiglinge benutzten richtige Schlitten. Wir rutschten auf Plastiktüten, Deckeln von Mülleimern oder den Aktentaschen unserer Väter hinunter. Ich war der Erste, der sich auf einer Plastiktüte *stehend* auf die Eisbahn wagte. Etwa nach der Hälfte der Strecke verlor ich das Gleichgewicht und fiel vornüber. Die letzten zehn Meter schlitterte ich auf meinem Gesicht nach unten. Die anderen liefen entsetzt davon. Sie glaubten, ich sei tot, und überließen mich meinem Schicksal. Das Blut war überall. Es lief über den Schulhof und durch die Straßen meines Schulweges bis vor den Block, in dem wir wohnten, und endete erst vor unserer Wohnungstür im dritten Stock. Als mich meine Mutter sah, fiel sie beinahe in Ohnmacht. Nach meinen Schneidezähnen brauchten wir nicht zu suchen: Sie steckten in meiner Unterlippe.

Jetzt gab es schon wieder eine neue Katastrophe, die sie

nach einer gewissen Zeit bestimmt überall erzählen würden: Die Geschichte der Flucht ihres Sohnes und seiner irischen Freundin Fiona. Seiner schwangeren irischen Freundin Fiona. Sie würden mit dem Messerstich angeben, obwohl sie das mir gegenüber natürlich niemals zugeben konnten.

Als ich die Augen öffnete, war die »Sea Cat« dabei, in England anzulegen. Das Brummen der Motoren klang jetzt eindeutig leiser. Regen prasselte auf die gewölbten Scheiben. Am Pier duckten sich Leute unter Schirmen, die ihnen der Wind fast aus den Händen riss. Und vor dem Ausgang der Fähre standen sich ungeduldige Passagiere mit ihren Koffern und Taschen im Weg. Wir reisten mit nichts. Nur mit unserer Angst.

Die Fähre bollerte gegen die Anlegestelle, dann gingen die Motoren aus. Die Türen wurden aufgestoßen und kalte Luft strömte herein. Ich blieb sitzen und sah den Leuten zu, die auf den Pier hetzten, als ginge es um ihr Leben. Ich wäre am liebsten für immer neben der schlafenden Fiona in der Lounge sitzen geblieben. Wäre gerne für immer auf der Fähre zwischen Irland und England hin- und hergefahren. Aber das ging natürlich nicht. Ich gab uns wenigstens eine kleine Gnadenfrist und ließ Fiona noch ein paar Minuten schlafen.

»Aufwachen«, sagte ich schließlich und küsste sie auf die Stirn.

»Ich bin wach«, sagte sie und stand auf.

DER WEISSE WALD

4. Januar 1999

Fiona und ich sitzen auf dem Rücksitz. Es ist längst dunkel, aber der Schnee ist so hell, dass die Landschaft aussieht wie das Negativ einer Fotografie. Fiona ist schläfrig. Sie hat Schmerzen und ihr ist schwindlig, aber sie wollte auf keinen Fall über Nacht in der Klinik bleiben. Sie wird die nächsten Tage bei Kathleen und ihrem Mann Bernhard wohnen. Der Arzt bestand darauf, sie nach dem Eingriff für sechs Stunden zur Beobachtung dazubehalten. Ich durfte erst nach zwei Stunden zu ihr. Sie lag allein in einem Zweierzimmer, in dem es nach Putzmitteln roch. Vor dem anderen Bett stand eine Reisetasche. Fiona sah unglaublich zerbrechlich aus. Sie zuckte im Schlaf mit den Lidern. Ihre Hände lagen auf der Decke. Nach dreißig Minuten erwachte sie und blickte sich verwirrt um. Als sie mich erkannte, fing sie an zu weinen. Erst traute ich mich nicht, sie zu berühren. Aber schließlich legte ich mich neben sie und nahm sie in den Arm. Sie war benommen und döste immer wieder ein, während sie versuchte, mir zu erzählen, was sie durchgemacht hatte. Später bat mich eine Krankenschwester, Fiona alleine zu lassen, und ich zeigte dem Arzt die Wunde an meinem Oberarm. Er reinigte sie und machte mir einen neuen Verband.

Fionas Mutter weiß immer noch nicht, wo wir stecken und was passiert ist. Sie hat keine Ahnung, dass ihre Tochter in der Schweiz ist und eine Abtreibung hinter sich hat. Ich habe meine Eltern angerufen. Sie werden mich morgen früh bei Kathleen abholen.

Kathleen fährt langsam und vorsichtig. In einigen Häusern entlang der Straße brennen Lichter. Die erleuchteten Fenster erinnern mich an das gewöhnliche Leben, das ich bis vor einigen Tagen geführt habe und in das ich jetzt wieder zurückkehre. Wir fahren durch ein menschenleeres Dorf. Die Straßenlampen werfen Lichtkegel auf den schmutzigen Schnee. Fiona räuspert sich und lässt ihren Kopf gegen meine Schulter sinken.

Sie ist blass, ihre Stirn glüht. Ich bin dankbar, dass Kathleen immer noch keine Fragen stellt. Das kommt später. Sie werden uns alle mit Fragen bestürmen und mit Vorwürfen überhäufen.

Auf der offenen Strecke spüren wir den Wind, der an der Karosserie rüttelt. Die Felder verlieren sich in der Dunkelheit. Die warme Luft der Heizung und die leise Radiomusik sind genauso einschläfernd wie die Bewegung der Scheibenwischer. Ich kann kaum die Augen offen halten und möchte erst wieder erwachen, wenn alle Probleme gelöst sind. Es dauert eine Weile, bis ich begreife, dass ich den Song von MADONNA nicht nur in meiner Vorstellung höre, sondern dass er wirklich im Radio läuft. Unser Song. Auch Fiona kämpft sich aus ihrem Halbschlaf. Sie schüttelt den Kopf, als müsse sie böse Träume verscheuchen.

»Machst du bitte lauter?«, fragt sie mit heiserer Stimme.

Wie lange ist es her, dass wir uns den Song in Fionas Zimmer angehört haben? Es scheint eine halbe Ewigkeit vergangen zu sein. Aber es sind nur sechs Tage. Sechs Tage, die unser Leben auf den Kopf gestellt haben. Eigentlich kann ich Kitsch nicht ausstehen. Aber der Song gefällt mir trotzdem. Er ist großartig. *Du siehst nur das, was deine Augen sehen wollen.* Natürlich hat Madonnas Text jetzt eine ganz andere Bedeutung.

Es hat wieder angefangen zu schneien. Die Flocken wirbeln auf die Windschutzscheibe zu, als würden wir

sie wie ein Magnet anziehen. Wir fahren in eine weiße Wand, die sich erst im letzten Augenblick vor uns teilt.
»Mir ist schlecht«, sagt Fiona, »kannst du bitte anhalten?«
Kathleen lässt den Wagen ausrollen und hält am Rand eines Waldes. Fiona stößt die Tür auf und atmet ein paar Mal tief durch. Die kalte Luft weckt mich auf einen Schlag. Ich muss mich bewegen.
»Bist du O.K.?«, frage ich.
»Mir ist nur schwindlig.«
»Willst du an die frische Luft?«
Fiona nickt und steigt aus. Kathleen dreht sich nach mir um und gibt mir zu verstehen, dass es in Ordnung ist und dass wir uns Zeit lassen sollen. Bevor ich aussteige, drückt sie meinen Arm.
Eine schmale Straße führt in den Wald hinunter. Fiona macht kurze, vorsichtige Schritte, als gehe sie über Glatteis. Als ich neben ihr bin, greift sie sofort nach meiner Hand und hält sich an mir fest. Irgendwo gluckst ein Bach. Als wir zwischen die ersten Bäume treten, ist es, als verschlucke uns der Wald.
Wir gehen etwa zwanzig Schritt, dann nehme ich Fionas Gesicht in meine Hände und küsse sie vorsichtig auf beide Augenbrauen, die Stirn, ihre lange Nase und schließlich auf ihr Kinn.
»Versprich mir, dass wir zusammenbleiben«, verlangt sie.

»Versprich mir, dass du nicht gleich abhaust, wenn etwas schief geht«, antworte ich.
»Was soll schon schief gehen?«
»Versprich es«, sage ich.
»Versprochen.«
Wir gehen weiter in den Wald hinein. Im Kegel der Lampe an der Landstraße oben zeichnen sich die Schneeflocken scharf gegen den dunklen Himmel ab. Kathleen lehnt an ihrem Auto und raucht. Die Glut leuchtet wie ein roter Stern in der Nacht. Der Schnee dämpft die Geräusche, verpackt die Welt in Watte.
»Ich hab noch nie so viel Schnee gesehen«, sagt Fiona.
»Das ist noch gar nichts«, sage ich wie der letzte Angeber.
Wir kommen in eine kleine Senke, von der aus man die Straße nicht mehr sehen kann. Der Schnee ist eine Decke, unter der ich mich am liebsten verkriechen würde. Der Wald ist dicht und undurchdringlich, aber der Schnee leuchtet hell. Wir stehen mitten in der Nacht in einem weißen Wald. Dann fällt mir plötzlich ein, wie Vater Alex früher an den Händen gepackt und im Kreis herumgewirbelt hat. Alex hat den Boden unter den Füßen verloren und ist kreischend vor Begeisterung durch die Luft gesegelt. Irgendwann hat Vater ihn losgelassen, weil Alex die Figuren liebte, die er bei seiner Landung im Schnee machte. Diesen Figuren, die uns an alles Mögliche erinnerten, nur nicht an

den Körper eines Kindes, hat Alex Fantasienamen gegeben.
Am Ende der Lichtung drehen wir um. Fiona schmiegt sich an mich. Unsere Schuhe hören sich an, als würde jemand im Schlaf mit den Zähnen knirschen. Flocken streifen mein Gesicht, und ich öffne den Mund, um sie mit der Zunge aufzufangen. Dann lasse ich mich rücklings in den Tiefschnee fallen, breite die Arme aus und bewege sie langsam auf und ab, damit mein Abdruck Flügel bekommt. Fiona beugt sich über mich und streckt beide Hände aus, um mich hochzuziehen. Ihr Gesicht ist ernst, sie sieht erwachsen aus, abgeklärt. Hat sie eine Erfahrung gemacht, die sie unweigerlich von mir trennt? Sie kennt Dinge, von denen ich keine Ahnung habe. Von denen ich nie eine Ahnung haben werde. Ich weiß nicht, ob wir zusammenbleiben. Aber im Moment gibt es nichts, was ich mir mehr wünsche als das. Plötzlich freue ich mich auf die Zeit, die vor uns liegt. Ich nehme mir vor, mich nicht mehr von meinem Glück abhalten zu lassen, und greife nach ihren Händen.
Und im selben Augenblick fällt mir ein, was ich Fiona später sagen werde, wenn sie mich nach meinem Lebensretter fragt.

Dank an
Lorena Schmid für das Gespräch über den »Zeitpalast«; Christian Gasser für seine Tapes; Eamonn Sweeney für die Geschichte von Gabriel Ojo; Ulrike Schuldes und Klaus Humann für guten Rat und treue Begleitung; Alex Capus für den Opel Ascona und die angebotene Motorsäge; Rolf Lappert für den Anstoß zum Kanu und die zweitbesten Sprüche; Peter Gut für die gemeinsame Vergangenheit und die Freundschaft; Regula und Alex Burgunder für die Kassette mit SANTANA und den zwei Songs von DEEP PURPLE und MOODY BLUES, die ich schon fast vergessen hatte; Werner J. Egli für seinen Zuspruch und seine Storys; Rudi Lienhard für die Gespräche und die besten Spaghetti vongole; Rolando Colla für die Postkarten, die Pasta del Capitano und all die geteilten Jahre.
Und an Sabine – *'cause she's my love.*

Hansjörg Schertenleib

wurde 1957 in Zürich geboren. Seit 1982 hat er mehrere Theaterstücke und zehn Bücher (unter anderem »Das Zimmer der Signora«) geschrieben, für die er mehrfach ausgezeichnet wurde. »Zeitpalast« (1998 bei CARLSEN erschienen) war sein erstes Jugendbuch. Hansjörg Schertenleib lebt mit seiner Frau in einem ehemaligen Schulhaus aus dem letzten Jahrhundert in Irland.

Fragen beantwortet der Autor unter
johnschertenleib@hotmail.com

1 2 3 03 02 01

Umschlag: Nina Rothfos
Umschlagfotos: Tony Stone
Lektorat: Ulrike Schuldes
Satz: Dörlemann Satz, Lemförde
Druck und Bindung: Pustet, Regensburg
ISBN 3-551-58067-7
Printed in Germany